DE L'AUTRE CÔTÉ DU SOLEIL

Couverture : photo © Getty images/Daniel Bendly ;
conception : Frédérique Deviller

Loi n° 49-956 du 16 juillet 1949 sur les publications destinées à la jeunesse,
modifiée par la loi n° 2011-525 du 17 mai 2011.
ISBN 978-2-09-253070-2

DE L'AUTRE CÔTÉ DU SOLEIL

Pierre Davy

Nathan

CHAPITRE I

Traoré sait qu'il commet une imprudence en permettant à son troupeau de chèvres d'aller s'abreuver à la source d'Aïn Kala. Plus qu'une imprudence : un crime envers la coutume.

Habituellement, à coups de bâton et de cailloux, il contraint les bêtes, pourtant assoiffées, à poursuivre leur chemin vers le marigot de Simel. Un pénible détour sous le soleil qui tarde à se coucher.

Il passe là presque chaque jour, mais cette eau n'est pas pour ses chèvres. Il pourrait lui-même périr de soif qu'il n'aurait pas le droit d'aller s'y désaltérer.

La réalité est ainsi faite sur cette savane au creux de la grande boucle du fleuve Sénégal. De mémoire d'homme, les tribus peuhles[1] et toucouleurs[2] se sont disputé les points d'eau. Traoré est un Peuhl et la tradition veut que la source d'Aïn Kala appartienne aux Toucouleurs.

---

1. et 2. Peuples de l'Afrique occidentale.

Le jeune berger, depuis les dix-sept années qu'il est sur cette terre, n'aurait jamais imaginé pouvoir transgresser cette loi.

Cependant, le destin, par l'un de ses caprices, en avait décidé autrement.

Hier, alors qu'il suivait, comme d'habitude, la piste qui contourne la source à mi-hauteur de la colline, Traoré s'est immobilisé, comme frappé par la foudre. Une jeune fille se baignait, agenouillée dans le petit bassin qui retient l'eau avant que celle-ci ne se perde dans le sable. À proximité, deux ânons se roulaient sur le sol humide.

Sur les épaules et la poitrine nues de leur gardienne, l'eau faisait luire une peau d'un ton beaucoup plus brun que celle de Traoré. D'un mouvement violent et répété, elle secouait la tête d'avant en arrière pour chasser une nuée de gouttelettes de son épaisse chevelure bouclée très serré.

Elle avait certainement remarqué la présence du jeune homme, qui d'ailleurs ne faisait rien pour se dissimuler. Toutefois, à aucun moment, elle n'a paru lui porter attention. Lorsque, après avoir repris son vêtement, elle s'est éloignée sur le sentier, elle n'a pas jeté un seul regard en arrière.

Cette indifférence n'a pas surpris Traoré. La

barrière est telle entre les deux peuples qu'il est inimaginable qu'une fille toucouleur puisse éprouver une quelconque attirance pour un garçon peuhl. Bien sûr, les ragots de village citent parfois quelques cas d'amours irrégulières. Chaque fois, l'aventure s'est achevée dans les larmes et le sang.

Voilà ce que se répète le berger, alors qu'il regarde son troupeau s'empresser autour de la source interdite. Car pourtant, il a osé ! Assurément, un sortilège émanait de cette peau noire laquée d'eau. Un appel auquel il était impossible de résister.

« Pourquoi est-ce que je fais cela ? » s'étonne-t-il. Ce n'est pas la première fois que la beauté d'une femme lui trouble l'esprit. Celle-ci, il ne l'a que fugitivement aperçue, et voilà qu'elle a déjà pour lui le goût de l'interdit, le goût de l'impossible, le goût de la source d'Aïn Kala.

Il attend. Il se persuade que, puisqu'il a franchi le pas, par magie, l'apparition va se reproduire. Cette magie qui rend tout possible dans les légendes que récite le griot, les soirs de fête.

Le temps passe. Le soleil s'accroche encore au ciel mais ne va pas tarder à se laisser dévorer par l'horizon. Le jeune Peuhl a bien conscience qu'il devrait partir avant qu'on ne le surprenne. Les chèvres elles-mêmes marquent de l'impatience. Maintenant qu'elles ont éteint leur soif, elles ne demandent qu'à reprendre le chemin du village et de leur enclos.

Cependant, le berger reste obstinément assis, les yeux fixés sur l'eau.

Et la magie s'accomplit. Il n'a perçu aucun bruit, mais il sait qu'elle approche. Trop rarement à son gré, il était arrivé dans la savane qu'une gazelle se soit risquée non loin de lui pour l'observer. Il se gardait alors du moindre mouvement pour ne pas l'effaroucher, espérant qu'elle vienne encore plus près.

Il continue à regarder la douce nappe liquide.

– Qu'est-ce que tu fais ici ?

Sa voix est beaucoup plus grave, plus autoritaire aussi, que l'aurait laissé supposer la minceur de son corps.

– Tu sais bien, poursuit-elle, que cette source est réservée aux Toucouleurs. Si on t'y découvre, tu seras battu, tué peut-être, et on prendra tes chèvres.

Les Peuhls et les Toucouleurs ont chacun leur propre langue. Cependant, depuis qu'ils se côtoient, se haïssent et se battent, ils se sont constitué un sabir commun qui leur permet de se comprendre. Il est rudimentaire et violent. Elle, elle l'emploie avec un accent étrange qui apaise la brutalité habituelle des mots.

Traoré ose enfin se retourner et la regarder. Dans son visage, dans sa silhouette, tout n'est dessiné que de courbes délicates. Rien de l'aspect souvent trop rigide, trop anguleux des femmes de la savane. Et il comprend soudain où se dissimulait l'envoûtement qui l'a pris au piège. Dans une beauté venue d'ailleurs, de plus loin, au cœur d'une terre dont il ignore l'étendue et qui est peut-être infinie.

– Tu n'es pas une Toucouleur ! s'exclame-t-il.

– Comment sais-tu cela ?

– Je le vois. Tu ne ressembles pas aux femmes d'ici. Qui es-tu ? Comment t'appelles-tu ?

Elle s'est accroupie à quelques pas de lui, au bord de la vasque de sable. Elle l'observe un instant, la tête légèrement inclinée de côté. Un demi-sourire effleure ses lèvres.

– Mon nom est Vanidia. C'est vrai, je ne suis pas une Toucouleur.

– Alors, que fais-tu ici, chez eux ?

Elle l'examine de nouveau, hésitant encore à se confier à cet inconnu qui ose la questionner. Un berger peuhl, qui a eu la sottise ou le courage de transgresser pour elle la loi de la savane. Elle lit dans son regard autre chose que le désir brutal qu'elle voit dans les yeux des autres hommes. Quelque chose qu'elle ne sait pas nommer, mais qui l'attire vers lui. Alors, d'une voix contenue, comme pour révéler un secret :

– On m'a volé ma liberté.

– Voler la liberté ! Ça n'a pas de sens !

– Écoute-moi ! Un matin, des étrangers ont attaqué mon village. Ils avaient des chevaux et des armes ; ils venaient de loin, peut-être du désert où l'on dit que s'achève ce pays. Ils ont tué mon père qui, avec quelques hommes, tentait de résister. Ils ont mis le feu aux cases et m'ont emmenée avec d'autres enfants. Il a fallu marcher, marcher des jours et des jours, vers le nord. Puis ils m'ont vendue au chef toucouleur du village près d'ici.

– Vendue ! s'écrie le garçon. Tu veux dire que tu lui appartiens, comme…

– Oui. Comme tes chèvres appartiennent à ton père, je suppose. Ça ne se fait pas chez toi ?

– Si. Le chef et quelques notables possèdent des hommes et des femmes. Mais ce sont des Peuhls qui ont perdu leur liberté parce qu'ils étaient trop pauvres ou malhonnêtes. La loi le veut ainsi.

Vanidia a un rire amer.

– La loi ! C'est le même mot en langage peuhl

et en langage toucouleur. Tu sais ce que ça veut dire, petit berger ?

Traoré est pris de court. La loi ! Pour lui, c'est comme le soleil, la nuit ou le vent, ça ne s'explique pas. On la vit, voilà tout. Il préfère en revenir à la réalité.

– Quand as-tu été enlevée ?

– J'étais encore petite ; j'avais huit ou dix ans. Beaucoup de choses sont sorties de ma mémoire. Pourtant je me souviens que, là où je vivais, il y avait des arbres, beaucoup plus grands et plus nombreux qu'ici. La pluie lavait la poussière de leurs feuilles. Tout était vert, si vert…

Son regard se perd au loin. Puis une panique soudaine la saisit.

– Va-t'en ! Va-t'en vite ! S'ils me trouvent avec toi, ils te battront jusqu'à ce que tu en meures, et moi, ils me chasseront dans la savane où je serai dévorée par les hyènes. Va-t'en !

– Je veux te revoir.

– À quoi bon ? Tu es un Peuhl, j'appartiens aux Toucouleurs. Personne n'y pourra rien changer.

Traoré la regarde, et dans l'éclat humide de ses yeux, il puise une hardiesse dont il ne se serait jamais cru capable. Il n'est pas certain de croire à ce qu'il dit, mais il affirme avec force :

– Nous nous enfuirons tous les deux. Avec mes chèvres et tes ânes.

– Nous enfuir ! Où ? Où crois-tu qu'on puisse aller ?

– Vers le sud. Vers le pays d'où tu viens.

– Je ne sais plus où est mon pays. On ne voudrait plus de moi, et encore moins de toi. Les étrangers n'ont jamais été les bienvenus chez les miens.

Traoré hausse les épaules et persiste :

– Alors nous irons tout au nord, jusqu'au fleuve Sénégal. On dit qu'il mène à une étendue d'eau immense, là où le soleil se couche.

– Et qu'y a-t-il au-delà de cette immensité ?

– Je ne sais pas. On dit aussi que, sur ces eaux infinies, des hommes, des hommes blancs naviguent sur de hautes et longues pirogues.

Elle le dévisage d'un regard incrédule.

– Tu as vu ces hommes ?

– Non, admet Traoré. Mais un de mes cousins est allé jusqu'au fleuve. Il dit que, là-bas, il y a des gens qui les ont vus.

– Et tu l'as cru ?

– Oui.

Elle a un petit geste de la main pour repousser cette naïveté.

– Je crois que tu es fou. Je ne te suivrai pas. Des êtres à la peau blanche ne sont, j'en suis sûre, que des morts revenus sur la terre pour dévorer les vivants : des démons.

– Des démons ! s'exclame Traoré. Les démons n'existent que dans la tête des vieilles femmes. Toi, tu es jeune et belle.

Malgré elle, Vanidia sourit, sensible au compliment. Le regard du garçon posé sur elle la trouble, tant il est à la fois hardi et naïf.

– Demain, au moment de la grande chaleur, murmure-t-elle, à l'heure où mes maîtres dorment, j'irai dans le petit oued[1] derrière la colline. Je t'attendrai près du tombeau où est enterré un vénérable sage. C'est un lieu sacré, il nous portera peut-être chance. Mais surtout, ne reviens plus jamais ici !

Traoré se lève d'un bond, rassemble ses chèvres et regagne la piste en courant. Au moment de l'atteindre, il se retourne et crie à tue-tête :

– À demain, Vanidia. Nous partirons au loin, très loin, et tu seras libre !

---

1. Ruisseau ou rivière d'Afrique le plus souvent asséché.

CHAPITRE II

Une lune s'est écoulée depuis le jour magique d'Aïn Kala. Traoré ne parvient toujours pas à démêler ce qui l'emporte dans son cœur, du bonheur, de l'inquiétude ou de la contrariété.

Dès le lendemain, une immense déception l'a accablé. Laissant ses chèvres prospecter le lit asséché de l'oued pour y brouter la plus humble pousse de verdure, il s'est assis à l'ombre du mausolée du vénérable sage. Il a attendu aussi longtemps que cela lui a été possible. Vanidia n'est pas apparue. Est-ce qu'elle s'était jouée de lui ? Peut-être n'avait-elle jamais eu l'intention de venir à ce rendez-vous. Et lui s'était rendu coupable d'avoir écourté le temps de pâture de son troupeau.

La mort dans l'âme, il est reparti vers le marigot de Simel, maudissant la duplicité des filles et sa propre crédulité.

Traoré n'a cependant pas renoncé. Peut-être n'était-ce qu'une épreuve pour mesurer sa patience et sa détermination. Hélas ! le jour suivant, le mauvais sort s'en est mêlé. Au petit matin, son père l'a réveillé sans ménagement.

– Debout ! Tu vas bâter un âne et aller au village de Tinkla. Tu en rapporteras les deux jarres d'huile que me doit mon cousin.

– Mais, père, les chèvres…

– Je trouverai quelqu'un pour s'en occuper. Fais vite, tu dois être revenu avant la nuit.

Pour un jeune Peuhl, il serait impensable de remettre en cause l'autorité du père. Traoré a donc pris la piste de Tinkla, bousculant plus que de raison l'innocent bourricot. Quand l'heure de la grande chaleur est arrivée, il s'est imaginé Vanidia l'attendant au pied du tombeau de pierres. Le peu qu'il devinait de son caractère lui laissait présager qu'à ce jeu, elle se lasserait la première. Malgré tout, il s'est obstiné.

Le troisième jour, arrachant son troupeau à son pâturage, Traoré le pousse vers la rive caillouteuse de l'oued. Il lui faut tout son savoir-faire de berger pour y parvenir.

Le cœur battant, il escalade la pente, jusqu'à la plate-forme que domine le mausolée. Partagé entre l'espoir et la crainte d'une nouvelle déception, il avance…

Elle est là, assise sur ses jambes repliées, adossée au mur. Elle n'a pas le moindre sourire, le moindre geste pour l'accueillir. Intimidé devant cette froideur, il ne sait que s'agenouiller devant elle et courber la tête comme le font les vaincus. La main qui se pose sur sa nuque est douce et autoritaire à la fois. Autant que l'est la voix.

– Je t'ai attendu, hier.

– Je n'ai pas pu. Mais le jour d'avant, tu n'es pas venue.

– Je n'ai pas pu, moi non plus. Tu sais, j'ai réfléchi. Pour toi et pour moi, il en sera toujours ainsi. Il vaut mieux renoncer dès maintenant.

– Pourquoi ? Parce que je ne suis qu'un misérable berger peuhl ? Ce sont tes maîtres toucouleurs qui t'ont appris cela ?

De nouveau, ce petit haussement d'épaules agacé.

– Tais-toi. Tu es beau et tu me plais. Je te trouve plutôt courageux et pas trop stupide pour un berger peuhl. Mais il y a une chose que tu ne comprends pas.

– Qu'est-ce que je ne comprends pas ?

– Que mon destin est décidé, quelque part dans une étoile qui me voit et que je ne connais pas. Ni toi ni moi n'y pouvons rien.

Toute colère évanouie, il la regarde. Il décèle

une brume de larmes dans ses yeux. Alors, timidement, maladroitement, il lui donne un baiser, qu'elle ne refuse pas. À leurs côtés, il lui semble entendre un petit rire grinçant, venu à la fois du ciel et de la terre. Le vieux sage leur accorde-t-il sa bénédiction, ou se moque-t-il d'eux ?

Cependant, l'ombre du clocheton qui surmonte le tombeau se déplace aussi inexorablement que celle d'un cadran solaire. Les bêtes s'impatientent, s'éloignent, prêtes à prendre le large sans leurs gardiens.

La première, Vanidia se lève et frappe dans ses mains. Les deux ânons accourent immédiatement.

– Tu reviendras demain ? s'inquiète Traoré.

– Si je le peux, oui. Et toi, es-tu sûr que tu seras là ?

– Je ferai tout mon possible.

Sur le visage de la jeune fille se dessine un sourire sans joie.

– Ce qui est possible pour nous deux, ça ne vaut pas plus que cela…

Elle prend un peu de poussière de sable dans sa paume et souffle dessus pour la répandre au vent.

Sept jours ! Il a fallu sept jours avant qu'ils ne se retrouvent. La vie quotidienne d'habitude si uniforme semblait s'ingénier à accumuler les contretemps pour l'un ou pour l'autre.

Le septième jour, le vénérable sage a eu pitié d'eux et les a réunis au pied de son tombeau. Ils sont tombés enlacés dans l'ombre de l'humble monument. Mais lorsque Traoré a voulu obtenir davantage que des baisers, Vanidia l'a repoussé violemment.

– Je ne veux pas ! Je ne peux pas ! Je t'en prie, Traoré, mon cœur t'aime, mais je ne peux pas.

Dégrisé, il s'est assis, le dos appuyé à la paroi de pierres sèches.

– Puisque tu sais tant de choses, explique-moi… Je ne comprends plus.

Elle aussi s'assied, à son côté. Elle lui prend la main, comme on le fait pour les enfants dont on veut calmer la peur ou la colère.

– Écoute-moi. Le chef toucouleur me réserve pour son fils qui va être bientôt en âge de se marier. Je serai une de ses épouses. Oh ! pas la première bien sûr, mais il croit que je lui ferai de beaux enfants. Pour cela, je dois rester vierge, tu comprends ?

Traoré se frappe le front du poing et s'écrie :

– Bon ! Je t'emmène dans mon village. Tu n'es pas une Toucouleur, ils t'accepteront et tu seras ma femme.

– Ta première femme ?

– Non, évidemment. Il y a des années que mes parents ont décidé qui j'allais épouser, mais je peux avoir plusieurs femmes.

Vanidia laisse échapper un profond soupir.

– Alors, qu'est-ce que cela change pour moi ?

Au risque de déranger le repos du vénérable sage, Traoré hurle :

– Mais ton cœur m'aime ! Tu l'as dit.

– C'est vrai. Mais ma vie ne m'appartient plus. Tu ne peux pas comprendre cela ? Je ne vaux que le prix que je leur ai coûté. Au village toucouleur, je serai un jour une des femmes du chef. Qui es-tu, Traoré ? Un berger qui n'a même pas de sandales. Qu'aurais-tu à m'apporter ?

Cette fois, le jeune homme est hors de lui. Il se lève d'un bond, le visage bouleversé de colère et d'humiliation.

– On t'a déjà achetée ; et toi, tu te vends toi-même !

Vanidia se lève à son tour. D'un geste lent, elle essuie les larmes qui coulent sur ses joues.

– Tu parles en homme libre, Traoré. Du moins, tu te crois libre. Cela ne te donne pas le droit de m'insulter.

Confus, il tente de la prendre dans ses bras.

Elle se dérobe d'un bond sur le côté. Elle demande cependant :

– Tu reviendras ici, demain ou plus tard ? Moi, je reviendrai.

– À quoi bon ? gronde-t-il.

– Tu n'aimes pas me voir ? Être avec moi ?

– Si, bien sûr, mais...

– Alors, tu reviendras, tant que ce sera possible.

Allongé sur sa natte, dans le logis familial, Traoré ne trouve pas le sommeil. Sa tête bourdonne de pensées confuses. Jusqu'à maintenant, tout était à sa place : sa famille, son village, son humble tâche de chevrier. Comme un cocon, un peu étouffant certes, mais si rassurant. La savane, tel un grand échiquier dont il suffisait de bien connaître les cases : celles où on pouvait, celles où on ne pouvait pas poser les pieds. Les Toucouleurs, mauvais voisins à coup sûr, cependant avec lesquels la mésentente possédait ses propres règles.

Et voilà que cette fille, parce qu'elle était belle, parce qu'elle se baignait nue dans la source d'Aïn Kala, parce qu'elle venait de lointains ignorés... Voilà que cette fille le mettait, lui, Traoré, le berger au cœur simple, au fond d'une impasse. Il s'y sentait pris comme un insecte attiré par la flamme d'une torche.

Une issue ! Il faut trouver une issue. Traoré, comme presque tous les gens de son peuple, est un sédentaire. S'ils ont été nomades jadis, ils ne s'en souviennent pas. Et voilà qu'il est pris par l'idée de fuir, de s'évader vers le fleuve Sénégal, vers le rivage de la mer du couchant, pour affronter l'inconnu. Il doit persuader Vanidia de le suivre et peut-être même la contraindre à le faire.

Fort de cette résolution, dès le lendemain, il retourne à la rive de l'oued. Il doit patienter longuement avant qu'elle n'arrive enfin. Elle est inquiète, fébrile ; les deux ânons ne l'accompagnent pas.

– Nous ne pouvons plus nous revoir, Traoré ! Je suis sûre qu'ils savent, qu'ils nous cherchent. Va-t'en, va-t'en, je t'en prie !

Déjà, elle redescend la pente en courant. Il la rattrape, la retient par le bras. Elle se débat, affolée cette fois.

– Non ! Laisse-moi. Ils vont venir !

– Écoute-moi, Vanidia. Demain, nous partirons vers le nord, nous…

Il n'a pas le temps de poursuivre. Surgis de derrière les rochers de la colline, ils sont là : six ou huit guerriers toucouleurs. Traoré ne peut pas s'y tromper, à la manière dont sont noués leurs turbans. Il se retourne, fait face, brandissant sa fausse sagaie de chevrier, dans un geste de courage désespéré. Le géant qui se dresse devant lui le domine de plus d'une tête, mais le jeune Peuhl ne tente pas de fuir.

Un premier coup lui broie les côtes. Le souffle coupé, il ploie les genoux ; au second coup sur la nuque, il perd connaissance.

CHAPITRE III

Traoré est demeuré inconscient assez longtemps pour ne rien savoir du trajet qu'on lui a fait parcourir ni de la manière dont il a été transporté. Une sourde douleur bat dans son crâne au rythme de son sang, pourtant toute sa lucidité lui revient d'un coup. Il est allongé dans un enclos à bestiaux, à même le sol jonché de leurs excréments. On n'a pas pris le soin de le mettre à l'abri du soleil. Une clôture infranchissable de buissons épineux maintenus par des pieux fait de cet espace à la fois un refuge et une prison.

Au gémissement que le garçon laisse échapper en se redressant, un gardien accroupi devant l'étroite issue fermée de perches entrelacées s'approche. D'un geste brutal, il remet le prisonnier sur ses pieds et le fait sortir de l'enclos en le poussant de la hampe de sa sagaie.

Jamais, bien sûr, Traoré n'a pénétré dans un village toucouleur. Il constate qu'ici rien ne diffère de ce à quoi il a été habitué chez lui. Les mêmes cases aux parois de terre, aux couvertures de jonc et de paille ; les mêmes silos à grain perchés sur leurs pilotis ; les mêmes ruelles poussiéreuses, parcourues de chiens et de volailles en quête d'une aubaine.

Il se sait cependant en territoire hostile, interdit, où il n'aurait jamais pensé se trouver un jour. Alors qu'il titube entre les cases, il s'efforce en vain de maudire cette puissance étrange qui l'a attiré auprès de la source d'Aïn Kala. Dans les contes du griot, les femmes ont parfois des pouvoirs maléfiques. « Mais, se répète-t-il, quelle malveillance pourrait se cacher derrière les yeux de Vanidia ? »

Le local dans lequel il doit entrer est une réserve de vivres où sont entreposés des jarres de terre cuite et de grands couffins d'osier. Il a juste le temps d'accoutumer ses yeux à la pénombre avant de découvrir Vanidia, attachée à l'un des piliers par une cordelette qui lui lie les poignets dans le dos. Il tente un pas vers elle.

– Vanidia ! s'épouvante-t-il, qu'est-ce qu'ils…

Il ne peut pas en dire davantage. Le bois de la sagaie lui heurte violemment les reins. En un tournemain, il est entravé de la même manière au deuxième pilier. Presque aussitôt, trois personnages entrent dans la remise. Le premier est, à coup sûr, le chef du village. Traoré ne peut pas s'y tromper, tant par son regard et son maintien arrogants, il ressemble au chef de son propre village.

Les deux autres sont des êtres inconnus du berger peuhl. Des turbans bleus dominent des visages minces, au teint bistre, encadrés de barbes soigneusement dessinées. De vastes burnous blancs leur couvrent les épaules. À leur vue, Vanidia ne peut réprimer un cri d'effroi.

– Les cavaliers du désert ! Ce sont des hommes comme eux qui ont brûlé mon village, qui m'ont enlevée et vendue, je les reconnais.

Indifférents, les trois hommes engagent une discussion en langue toucouleur. Traoré comprend toutefois qu'il s'agit de négoce. Le chef est tout bonnement en train de les marchander : Vanidia, dont il peut disposer à sa guise, et lui qui a enfreint les règles de la savane. À l'évidence, le vendeur n'est pas satisfait de ce qu'on lui propose.

L'un des étrangers s'approche de Vanidia ; d'un geste brusque, il lui arrache son vêtement. De la même manière, il retire le pagne de toile qui ceint les reins de Traoré. Attentivement, en tournant autour d'eux, il examine les jeunes gens, faisant quelques commentaires à l'attention du chef.

Des larmes d'humiliation coulent sur les joues de Vanidia. Grinçant des dents de fureur, Traoré tire de toutes ses forces sur ses liens. Personne ne s'en préoccupe, et le marchandage se poursuit jusqu'à ce que les deux parties parviennent à un accord.

Sans ménagement, le berger peuhl et son amie sont détachés et reconduits vers l'enclos. Quelques villageois les regardent passer avec indifférence. Deux gamins les suivent un instant en riant et en faisant des gestes obscènes. Avant de refermer la barrière et de se poster à proximité, le gardien dépose à l'intérieur une demi-calebasse d'eau et, d'un geste négligent, jette aux prisonniers leurs vêtements ainsi qu'un morceau de galette de manioc.

Assis côte à côte dans l'ombre de la haie, ils se prennent la main. Traoré fixe passionnément le profil de la jeune fille. Elle semble parfaitement calme ; seul un léger frémissement fait battre les ailes de son nez.

– Pourquoi font-ils cela ? demande-t-il. Nous ne sommes pas des bêtes !

– Tu as de la chance, tu sais. Si les marchands d'hommes n'avaient pas été là, le chef t'aurait fait couper le cou.

– Peut-être. Mais toi ? Pourquoi toi aussi ?

– C'est simple. Maintenant qu'on m'a surprise avec

toi, je n'ai plus aucune valeur à ses yeux. Sauf peut-être le prix d'une chèvre. Il aurait pu me faire jeter aux hyènes. Moi aussi, j'ai de la chance.

– De la chance !

Traoré se tait, ne sachant ce qui de la fatigue, de la peine ou de la colère fait bruire dans ses oreilles cet étrange bourdonnement.

– Que vont-ils faire de nous, maintenant ? finit-il par demander.

– Nous revendre, bien sûr.

– Où ? À qui ?

– Je n'en sais rien.

Elle tourne enfin la tête vers lui :

– Tu voulais une autre vie pour toi et pour moi, Traoré. Je crois qu'elle vient de commencer.

Voilà maintenant une demi-journée que Traoré et Vanidia marchent sur cette piste caillouteuse en direction du couchant. Une simple corde, nouée autour de leur cou, les contraint à avancer au même pas que le cheval d'un des deux ravisseurs aux turbans bleus. Ceux-ci vont à un train raisonnable, pour ne pas épuiser leurs prises humaines, mais, pas un instant, ils ne leur autorisent une halte.

À la tombée du soir, en pleine savane, ils atteignent

un campement où brûle un grand feu. Des « turbans bleus » – Traoré ne sait pas leur donner d'autre nom – y sont rassemblés. Ils accueillent chaleureusement les nouveaux venus. Deux d'entre eux dénouent les cordes du troussequin de la selle et, tenant les prisonniers en laisse, les conduisent hors du cercle de lumière offerte par le feu. Dans la pénombre, Traoré distingue deux rangs d'hommes et de femmes, allongés ou assis sur le sol. Chacun a les chevilles entravées à une perche de bois qui les relie les uns aux autres.

Deux places restent disponibles à l'extrémité d'une des perches. Le garçon et sa compagne y sont rapidement attachés.

Dès que les gardiens se sont éloignés, Traoré cherche fébrilement à dénouer ses liens. Il y renonce vite tant les nœuds ont été savamment faits. Alors, par de violents coups de pieds, quitte à se briser les chevilles, il tente de se libérer. Des gémissements et des cris lui font comprendre qu'en agissant ainsi, il fait souffrir tous ceux qui partagent son sort. Un claquement de fouet et le hurlement de douleur de celui qui a été touché au hasard l'obligent à se résigner.

Vanidia lui saisit la main et la serre avec force. Sa voix est étrangement paisible :

– Ne bouge plus. Ferme les yeux et essaie de dormir. Une seule chose compte désormais : il faut survivre et être fort. Ceux qui faiblissent sont condamnés. Que faisais-tu quand une de tes chèvres s'était brisé une patte ?

– Je la tuais.

– Voilà. Nous n'avons qu'un seul espoir : avoir un prix, être une bonne marchandise. Car maintenant, nous sommes une marchandise, que ces hommes ont achetée pour la revendre.

– Comment sais-tu cela ?

– Tu oublies que cela m'est déjà arrivé. J'étais petite, mais je me souviens. Il faut dormir, Traoré, pour ne plus penser.

Aux premières lueurs de l'aube, Traoré émerge d'un sommeil de bête épuisée. Avec précaution, il s'assied. À sa gauche, Vanidia dort encore ; les larmes ont dessiné sur ses joues deux sillons de sel. Sur sa droite et en face de lui, il examine ses compagnons de misère : moitié moins de femmes que d'hommes ; tous jeunes et robustes. La plupart sont des Peuhls, mais il reconnaît aussi des Toucouleurs. L'origine de quelques-uns lui est inconnue. Une vingtaine d'individus au total.

Les « turbans bleus » les entourent, le fouet à la main. Alors commence un cérémonial dont le nouveau captif ne sait pas encore qu'il va se reproduire des jours et des jours, effaçant peu à peu toute volonté de révolte.

Dans chacune des deux files, les prisonniers sont mis debout. Une autre tige de bois est posée sur les épaules droites, et liée autour des cous. Les malheureux ont déjà été alignés par rang de taille. Traoré, qui est l'un des plus grands, garde sa place à l'arrière. En revanche, Vanidia, beaucoup plus petite, est déplacée à l'avant de l'autre file.

La perche qui entravait les jambes est détachée. C'est alors que Traoré découvre que beaucoup de ses compagnons doivent subir ce supplice depuis de nombreux jours. Les cordelettes ont tracé autour de leurs chevilles et de leurs cous des sillons sanglants.

Un gardien, tirant sur une longe, entraîne la chenille humaine à l'écart du camp et l'immobilise. Aussitôt, hommes et femmes s'accroupissent. Traoré résiste un instant ; un coup de manche de fouet sur la tête le contraint à faire de même. Mort de honte et de dégoût, il est obligé, comme les autres, d'assouvir ses besoins naturels.

Ramenés au camp, comme embrochés au long de leur perche, tous s'asseyent ou s'agenouillent de nouveau. Une grande écuelle de bouillie de mil passe de main en main. Elle est suivie d'une calebasse d'eau, puis d'un panier de dattes. Refuser, c'est mourir. Traoré accepte cette eau et cette nourriture.

Bientôt, sous le soleil qui commence à déborder la cime des acacias, les deux colonnes s'ébranlent avec peine, chacun des captifs essayant d'accorder son pas à celui qui le précède pour empêcher les cahots d'accroître la meurtrissure de son cou et de son épaule.

Traoré marche. Jamais l'air de la savane ne lui a paru aussi brûlant, jamais les cailloux de la piste aussi aigus, jamais le grincement des criquets aussi strident. Une seule pensée lui emplit la tête : « On n'a pas le droit de faire subir cela à des êtres humains, on n'a pas le droit. » Il voudrait le crier pour que Vanidia l'entende. Mais elle est loin devant, en tête de l'autre troupeau. Et peut-être n'a-t-il déjà plus le courage de le faire.

Extrait du journal du chevalier Yvon de Kerven

15 janvier 1750

Le pas est franchi. Je me suis embarqué hier à Lorient sur la Duchesse Anne, *un navire marchand de la Compagnie des Indes*[1] *qui entame son troisième long cours dans l'océan Atlantique. Destination première : la côte d'Afrique, quelque part entre tropique et équateur. Nous y chargerons ce qu'il est coutume d'appeler du « bois d'ébène ». Une manière de désigner les Noirs de la côte africaine que nous achèterons et que nous transporterons vers le Nouveau Monde où ils seront revendus comme esclaves. Puis, la périlleuse traversée de l'océan Atlantique. Retour enfin vers les rivages bretons, avec une cargaison de café, épices et autres produits des Îles. Un retour qui se fera*

1. Société commerciale fondée par Colbert, ministre de Louis XIV, pour favoriser l'exploitation des colonies.

sans moi, puisque j'ai l'intention de confier mon avenir aux Îles-Sous-le-Vent[1].

Je n'ai rien d'un marin. Je suis né en pleine terre, dans la campagne de Ploërmel. Je suis le benjamin des trois fils du marquis de Kerven. Jocelyn, mon frère aîné, héritera du manoir et des cinq ou six fermes qui nous font vivre. Le cadet, Jan, a été ordonné prêtre et occupe la charge de secrétaire auprès de l'évêque de Vannes.

Selon la tradition, j'aurais dû être voué au métier des armes, mais mon père, en bon Breton, ne me voyait guère donner mon sang pour le roi de France. Ne sachant que faire de moi, il m'a laissé étudier à mon gré, puiser mon savoir partout où je le pouvais. Je me suis donc fait botaniste, car les plantes sont ma passion. Celles de la lande bretonne n'ont plus de secrets pour moi. Je peux aussi me vanter d'être un peu vétérinaire et, à l'occasion, chirurgien pour les humains.

C'est à ce dernier titre qu'on m'a inscrit sur le rôle de l'équipage de la Duchesse Anne. *J'ai vingt ans. Je sais pratiquer une saignée en cas d'apoplexie. Je sais diagnostiquer les maux d'entrailles et connais les décoctions qui les combattent ; surtout, talent recherché dans*

1. Nom donné aux îles des Antilles.

la marine, je sais réduire et immobiliser les fractures des bras et des jambes.

C'est de mon plein gré que je me suis ainsi enrôlé. Ce qui par ailleurs arrange bien ma famille qui n'a pas eu à payer mon passage et se débarrasse de moi à bon marché.

Les Îles m'attirent depuis que j'ai eu accès à l'ouvrage d'un père jésuite, lequel décrivait la flore des Antilles avec un enthousiasme de poète. Pour ma part, c'est en botaniste que j'entreprends cette expédition. Pour le reste, je ne sais rien de précis sur la traite des Noirs. Il semble que ce soit une pratique communément admise. De toute manière, la Duchesse Anne *était le seul navire en partance de Lorient lorsque j'ai pris ma décision.*

24 janvier 1750

Nous naviguons en haute mer, très au large des côtes du Portugal. Ce pays est, pour l'heure, l'allié de l'Angleterre, notre pire ennemi. Avant-hier, nous avons aperçu une voile, très loin sous le vent. S'il s'agissait d'un Anglais, il n'a pas daigné nous donner la chasse. Il faut dire que la Duchesse Anne *ferait une maigre prise. Sa cargaison n'est constituée que de tissus, de bimbeloteries diverses et d'ustensiles manufacturés sans grande valeur. Des denrées qui sont cependant sur la côte d'Afrique de bonnes monnaies d'échange. Surtout si on y ajoute quelques armes à feu et un peu d'alcool. Il paraît que pour un mousquet et un baril de poudre, on obtient aisément un lot d'une dizaine d'esclaves, mâles ou femelles.*

Ma qualité de chirurgien de bord me vaut une couchette sous le gaillard d'avant, juste derrière la cloison de la cambuse. La chaleur du fourneau se maintient jusqu'au matin, Dieu merci, car les nuits sont encore fraîches en cette saison sous cette latitude.

Il semble qu'on se brise couramment les membres sur un bateau, en particulier quand on est gabier[1] *dans la mâture. Voilà le deuxième tibia que j'immobilise dans une attelle. Ce qui ne dispense pas les blessés du service sur le pont. J'ai cru de mon devoir de prévenir le maître d'équipage.*

– S'ils continuent à se servir de leur jambe, ils risquent de demeurer boiteux.

– La belle affaire ! a-t-il simplement répondu.

1. Matelot chargé de la manœuvre des voiles.

10 février 1750

Pour nous réapprovisionner en eau et en vivres, nous avons fait escale aux Canaries, qu'on appelle aussi les îles Fortunées. Ce nom leur convient bien tant le climat y est doux et la végétation accueillante. Mon intention était d'herboriser quelque peu aux alentours de Santa Cruz, mais j'ai à peine mis le pied sur le port. Les Espagnols qui peuplent la ville ne font pas bonne figure aux Français, bien que nous soyons actuellement en paix avec eux. Notre capitaine a donc décidé de ne pas s'attarder.

Nous avons maintenant repris le large, loin de la côte d'Afrique, pour éviter les terribles bancs d'Arguin. Les marins en parlent avec terreur. D'immenses grèves de sable à fleur d'eau enlisent les navires qui s'y égarent sans aucun espoir de secours.

Nous venons de franchir la ligne du tropique et, dès que le vent tombe, la chaleur devient accablante. Je maudis à présent la proximité des fourneaux de la cambuse et le manque d'air de mon réduit. Comme la plupart des matelots, j'ai abandonné mon hamac pour dormir à même les planches du tillac.

15 février 1750

Après un mois de navigation, nous sommes enfin en vue du rivage africain et nous jetons l'ancre à quelques encablures de l'île de Gorée[1].

---

1. Île de la baie de l'actuel Dakar. Point de départ des navires négriers.

CHAPITRE IV

Les jours de marche se succèdent, tous semblables. Quinze, vingt, vingt-cinq ? Traoré ne sait plus. Il ne redoute rien pour lui-même : il est un berger de la savane, il peut marcher des temps et des temps sous le soleil, sans que ses jambes fléchissent, sans que son souffle s'accélère. Il est inquiet pour Vanidia, qu'il imagine beaucoup plus fragile. Il ne l'aperçoit que fugitivement et, chaque fois, il voudrait lui crier : « Marche, Vanidia, marche ! Ne tombe pas ! Un pas, encore un pas ! »

Hier, dans sa propre file, une femme s'est effondrée. Un certain temps, maintenue par la perche de bois, elle a été traînée dans la poussière. Un garde est arrivé. De son coutelas, il a tranché le lien et, comme on se débarrasse d'un objet inutile ou brisé, il a rejeté le corps dans les buissons. « Marche, marche ! Vanidia ! Ne tombe pas ! »

Le malheureux qui précède Traoré pendant le jour et qui gît à ses côtés pendant la nuit vient d'on ne sait quelle profondeur du continent. Ses traits sont masqués par une tignasse et une barbe d'un noir aux reflets bleus. Il parle sans arrêt, mais le jeune homme ne comprend rien à ce qu'il psalmodie. Une prière peut-être, à moins qu'il ne soit devenu fou.

Un soir enfin, le calvaire s'achève. Assis sur le sable, un sable qui sent le sel, cette denrée si rare et si précieuse là-bas dans la savane, Traoré, incrédule, découvre l'océan. Au-delà d'une barre aux rouleaux écumeux, une immensité d'eau, à l'horizon de laquelle chute le disque rouge du soleil.

La providence a sans doute béni cette soirée, car les deux files de captifs ont été disposées l'une à la suite de l'autre. Vanidia n'est qu'à deux pas de Traoré. En tirant sur ses liens, il parvient à effleurer son épaule. Il en ressent un tel bonheur que les larmes lui montent aux yeux.

– Comment pourrait-on nous conduire plus loin, maintenant ? demande-t-elle. On ne peut pas aller derrière le soleil.

Traoré fouille le sable frais de ses mains pour en recouvrir ses pieds écorchés, harcelés par les mouches.

– Peut-être que les hommes blancs savent le faire, eux, hasarde-t-il.

– Et alors ? Pourquoi ? S'ils existent, ces hommes blancs, que pourraient-ils faire de nous à part nous tuer et nous manger ?

– Tu dis des sottises !

– C'est parce que j'ai peur. Et je ne sais même pas de quoi.

Après le coucher du soleil, les deux files de prisonniers sont alignées au bord de l'eau. En les poussant du poitrail de leurs chevaux, les cavaliers les contraignent à y entrer jusqu'à mi-corps, sans tenir compte des cris de terreur et de douleur. L'eau salée avive les plaies des corps meurtris.

– Lavez-vous ! Lavez-vous ! hurlent les « turbans bleus » en faisant siffler les fouets au-dessus des têtes.

Traoré obéit comme les autres ; la fraîcheur de l'eau atténue peu à peu la morsure du sel.

Ce soir-là, la pitance est beaucoup plus abondante que de coutume et l'eau douce est distribuée à satiété. Lequel, parmi les malheureux qui s'endorment bientôt sur le sable, pourrait deviner qu'il ne fait qu'achever là le premier pas de son supplice ?

Le lendemain matin, deux embarcations incroyablement longues et larges apparaissent, longeant la côte depuis le sud. Les avirons battent l'eau en cadence jusqu'à ce que les étraves viennent s'échouer sur le sable de la plage. Laissant les rameurs à bord, trois hommes en descendent. Traoré et ses compagnons, incrédules, les regardent s'avancer.

Leurs corps sont recouverts de lourds habits de drap bleu ; ils sont bottés de cuir et coiffés de curieux chapeaux à trois cornes. Cependant, ce qu'on distingue de leurs visages et de leurs mains devient vite une certitude pour les captifs : aussi bien pour ceux qui croyaient à peine à leur réalité que ceux qui ignoraient leur existence. Ce sont des hommes blancs ! Ceux dont on parlait parfois dans la savane, mais que personne n'avait vus de ses yeux.

Le premier qui a posé le pied à terre et dont le chapeau est bordé d'un large galon d'argent porte une épée au côté et une canne sous le bras. Le second a entre les mains un objet mystérieux fait de bois et de métal. Il ne peut s'agir que d'une arme, bien qu'elle ne comporte ni pointe ni lame.

Le troisième demeure un peu à l'écart, les mains dans le dos. Autant ses deux compagnons se montrent impérieux, autant il paraît surpris, sinon mal à l'aise devant le spectacle qui lui est offert.

Un coup de fouet claque. Péniblement, en se bousculant, les captifs se mettent sur leurs pieds. L'homme au chapeau argenté donne un ordre à celui qui est resté en arrière. Ce dernier s'approche d'un pas hésitant pour se livrer à une étrange cérémonie. Il passe lentement devant le troupeau humain, s'arrêtant en face de chaque individu. D'un geste expert, il relève les paupières supérieures pour examiner l'œil, retrousse les lèvres sur les dents, pince la peau du bras et, de ses phalanges repliées, frappe sur les poitrines. Lorsqu'il s'agit d'une femme, il lui palpe rapidement le ventre.

Lorsque ceci s'achève, il adresse quelques mots à ses comparses qui paraissent s'en montrer satisfaits. Traoré comprend qu'une fois encore, il n'est qu'une marchandise qu'on évalue et qu'on négocie. Cela se confirme bientôt. Un coffre de bois est descendu à terre. Le chef des « turbans bleus » en soulève le couvercle et en examine attentivement le contenu. À son tour, il manifeste sa satisfaction.

La caisse est arrimée sur un cheval de bât et, en quelques instants, les cavaliers du désert ont quitté la plage. Aucun n'a eu le moindre regard pour ses anciennes proies.

Pendant ce temps, un des rameurs descend d'une des barques. Il porte sur son épaule un bâton sur lequel est enfilée une vingtaine d'étranges bracelets de métal. La première, Vanidia doit tendre ses bras en avant et, dans un cliquetis sinistre, ses deux poignets se trouvent entravés. L'homme au chapeau argenté suit l'opération dans le dos des prisonniers et, lorsque l'un d'eux tarde à présenter ses mains, la canne s'abat sur ses épaules.

Cette tâche achevée, le marin, avec un coutelas, tranche les cordelettes qui enserraient les cous. Et les perches tombent à terre. Traoré en ressent un tel soulagement qu'il oublie un instant ses poignets noués de fer. Il n'est toujours pas libre de ses mouvements, certes, mais il n'est plus soumis à cette horrible solidarité qui le soudait aux autres.

Un hurlement le fait sursauter. Le prisonnier à la barbe et aux cheveux de nuit s'est rué vers l'orée des arbres en bordure de la plage. Malgré ses chaînes, il court comme un fou. Traoré va s'élancer et le suivre quand l'écho d'un nom résonne dans sa tête et le retient : Vanidia ! Juste avant que la stupéfaction et la terreur ne le clouent au sol comme tous ses compagnons.

Le deuxième homme blanc a levé son arme mystérieuse. Il l'a dirigée vers le fuyard en portant la partie en bois à son épaule. Un claquement de foudre a retenti et, là-bas, à plus de trente pas, sans que rien de visible ne l'ait atteint, le fugitif s'effondre dans les premiers buissons, où son corps demeure inerte.

Traoré a entendu parler dans son village de ces armes terrifiantes que détiennent les hommes blancs. Ces armes qui, par leur bruit seul, tuent à plusieurs portées de sagaie. Il n'y croyait guère, mais voilà que cette mystérieuse force lui est révélée.

Toute volonté, tout esprit de révolte abolis, il se laisse embarquer avec les autres dans les larges pirogues qui vont l'emmener vers un destin qu'il ne sait pas imaginer.

CHAPITRE V

Les embarcations dégagent leurs proues du sable de la plage pour naviguer à quelques encablures du rivage. Entre les bancs de nage, les prisonniers ont été assis par groupes de quatre à même le fond de la coque. Les entraves de leurs poignets sont reliées par une chaîne cadenassée. Pour ramer plus commodément, l'un des matelots a calé ses pieds contre la cuisse de Traoré. Celui-ci n'ose pas se soustraire à ce contact, qui pourtant lui répugne. À mi-voix, il interroge l'homme qui lui fait face et que, jusqu'alors, il n'avait pu approcher.

– Tu es un Toucouleur ?

– Oui.

– Pourquoi es-tu ici ?

– Le chef de mon village m'a vendu aux cavaliers bleus. Son fils voulait ma sœur, et moi…

Il n'a pas le temps d'achever ; avec une précision infernale, la lanière d'un fouet lui cingle les épaules.

– *La paix, là !* crie le Blanc à l'arme terrifiante,

avant de se rasseoir près de celui qui gouverne le bateau à l'arrière.

Harassés de fatigue et de peur, épouvantés par la surface liquide qui les entoure, les captifs se laissent aller à une somnolence morbide, le front posé sur leurs poignets enchaînés. Traoré est l'un des rares à garder la tête haute. Il repense au courage désespéré de son compagnon qui a cherché à fuir. S'il avait fait de même, si tous, à cet instant, avaient fait de même... Il lui faut bien admettre qu'il n'existe pas de solidarité dans la misère, sinon pour quelques individus liés par l'amitié, la fraternité ou l'amour. Et puis faut-il se révolter si cela n'aboutit qu'à la mort ? Pour se justifier de sa soumission, il garde les yeux fixés sur la deuxième embarcation qui emmène Vanidia. Vanidia, qui est à la fois la cause de son malheur et sa raison de survivre.

Bientôt, les barques s'éloignent de la côte et pointent vers une petite terre isolée au milieu de la baie. Dans le crépuscule, elles accostent à un appontement de bois où attendent des hommes blancs ou noirs armés de bâtons. Les quelques femmes qui font partie du troupeau sont mises à part et emmenées vers une porte percée dans un épais mur maçonné. Puis les hommes, alignés en file à coups de trique, suivent le même chemin.

Traoré ne connaît que les huttes de pisé et de branchages laissant passer l'air et la lumière. La pièce dans laquelle il pénètre est un caveau de pierre froid et noir, à peine éclairé par quelques torches. La tête contre la muraille, deux rangs d'êtres humains sont étendus sur le sol, de part et d'autre d'une allée centrale. Des barres de métal unissent leurs pieds entravés.

Traoré est contraint de s'étendre dans un espace vide. Des fers lui enserrent les deux chevilles avant qu'on ne retire ceux de ses poignets. Le sable qui recouvre le sol lui donne d'abord une sensation de fraîcheur bienfaisante, puis, à mesure que la nuit s'avance, il sent son humidité lui pénétrer les os.

Les deux captifs qui l'entourent et dont les corps touchent le sien grelottent aussi de froid ou de fièvre. Il tente de leur parler, mais il ne saisit pas un mot de ce qu'ils répondent. La terre d'où ils viennent tous est donc si vaste et si multiple que ceux qui y sont nés ne puissent pas se comprendre ? Une terre dont il ne connaît même pas le nom. Combien faut-il de douleur pour que des hommes enchaînés, humiliés, deviennent frères ?

Traoré tente de se remémorer ce qui l'a amené jusqu'ici, dans cette tombe. L'image de Vanidia, nue dans le bassin d'Aïn Kala, lui transperce l'esprit.

Il essaie d'en conserver le souvenir, mais celui-ci fuit comme un mirage. Alors, pour ne pas devenir fou, pour ne pas mourir de désespoir dans l'obscurité, à mi-voix d'abord, et de plus en plus haut, il entonne un chant des bergers de la savane. Un chant qui dit le vent, le soleil et la liberté. Une fragile étincelle d'espoir s'allume dans le caveau.

Du fond de la prison, une voix, puis d'autres s'accordent à la sienne. Bientôt, tous les Peuhls enterrés dans cette geôle chantent leur fraternité. Puis, les autres, les Toucouleurs, les Wolofs[1], les Bambaras[2] et ceux qui viennent d'ailleurs, de plus loin, accompagnent le chant d'un sourd murmure de basse continue. Et Traoré sait que tous, comme lui-même, pleurent en chantant.

La porte s'ouvre sur un gardien, une lanterne dans une main, un fouet dans l'autre. Et encore ce cri, déjà compris de tous :

– La paix, là !

Le chant, l'espoir s'éteignent et chacun ne souhaite plus qu'une chose : que le sommeil lui apporte l'oubli.

Au petit matin, la porte est ouverte de nouveau.

---

1 et 2. Peuples d'Afrique occidentale.

Un à un, les prisonniers sont détachés de la barre de fer et conduits à l'air libre : une cour rectangulaire, limitée par des murs de pierre ne permettant de voir que le bleu indifférent du ciel.

À l'entrave des pieds est fixée une autre chaîne qui s'achève par une boule de métal. Pour marcher, il faut la porter à deux mains, tant elle est lourde. Ainsi encombrés, les prisonniers sont conduits au bord d'une fosse dans laquelle on les laisse se soulager. Puis on les pousse devant une table où sont alignées des écuelles pleines d'une épaisse soupe aux pois rouges. Enfin, on les fait s'asseoir à la base du rempart qui projette un peu d'ombre sur la cour.

Tout cela s'effectue sans un mot, sans une bousculade ni un geste de rébellion. Traoré s'étonne à l'idée que tous ces hommes ont déjà appris une docilité qu'il ne parvenait pas toujours à obtenir de ses chèvres. Il s'épouvante d'être de ce troupeau, promis à quel marché, à quel abattage ?

Il parvient à prendre place auprès d'un homme qu'il reconnaît pour être un Peuhl. Ses deux joues sont marquées des scarifications qui distinguent les familles de guerriers. Jamais, au village ou ailleurs, il ne se serait permis de lui adresser la parole. Les règles de la tribu le lui interdisaient. Mais à présent…

– Comment t'appelles-tu ? ose-t-il demander.

– Seghor. Et toi ?

– Traoré, je suis… j'étais berger. Depuis combien de temps es-tu prisonnier ?

– Combien de temps ? Deux lunes, trois, davantage peut-être.

Traoré hésite à demander comment, lui, un personnage qu'on devait craindre et respecter, subit un sort qu'il croyait réservé à des êtres sans défense. Il poursuit toutefois :

– Pourquoi nous gardent-ils ici ?

– Il faut que nous soyons très nombreux pour remplir les grands bateaux qui attendent au large et qui vont nous emmener.

– Nous emmener où ? Pourquoi ?

– J'imagine qu'il existe une autre terre, là-bas, où le soleil se couche. Ceux qui y vivent ont besoin de notre force, de notre vie.

Traoré insiste encore :

– Comment peux-tu savoir cela ?

– Si tu étais ici depuis aussi longtemps que moi, tu saurais que les chaînes et les boulets parlent, que les pierres des murs parlent, même quand les humains se taisent.

Traoré se serre contre la muraille pour essayer

de protéger ses chevilles ensanglantées des rayons du soleil. Une question l'obsède :

– Où sont les femmes ? Qu'est-ce qu'ils ont fait d'elles ?

Son compagnon a un rire amer pour se moquer d'une telle naïveté.

– Dans tous les troupeaux, il faut des mâles et des femelles. Tu devrais savoir ça, toi le berger. Elles seront embarquées avec nous pour l'autre terre. On dit que les soldats et les gardiens ne se gênent pas pour se servir de celles qu'ils trouvent à leur goût.

Traoré serre les poings de rage et d'impuissance. Vanidia est si jeune, si belle… Puis ses yeux se portent sur la chaîne et le boulet qui l'entravent plus durement qu'il ne l'a jamais fait pour ses chèvres. « Lorsqu'un homme est ainsi traité, se dit-il, il ne peut plus prétendre à rien, ni pour soi-même, ni pour les autres. »

Sa réflexion est interrompue par l'arrivée d'un personnage suivi de deux gardiens. Traoré reconnaît l'homme blanc qui, sur la plage, l'a examiné comme on fait des ânes à vendre. À plusieurs reprises, celui-ci désigne un prisonnier du bout de sa badine d'osier. Ce dernier doit se lever et s'aligner avec ceux qui partagent son sort. Lorsqu'on les regarde, on ne peut s'y tromper. Il n'y a là que des individus chétifs, maigres ou visiblement malades. Ils sont une dizaine. Et bientôt, ces malheureux s'éloignent et disparaissent sous le porche d'un des bâtiments.

– C'est comme cela de temps en temps, commente le voisin de Traoré. Quelques-uns reviennent parmi nous, en meilleur état que lorsqu'ils sont partis, le ventre plus rond. Les autres, on ne les revoit pas.

Un coup de sifflet retentit. Aussitôt, les anciens, ceux qui sont là depuis longtemps, se lèvent, prennent leur boulet entre leurs mains. Les nouveaux venus suivent leur exemple, et la cour se vide.

En fin d'après-midi, la même scène se reproduit. La fosse nauséabonde, la bouillie de fèves, un court instant au pied des murs dans le soleil couchant. Puis, impitoyablement, le caveau de pierre où le boulet cède la place à la barre de fer.

Dès son arrivée, Traoré a tenté de compter les jours, en alignant près du mur des cailloux blancs qu'il prend dans la cour. La nuit, précautionneusement, il les touche de la main. Un rang, deux, trois rangs.

Un soir, lorsqu'il regagne sa place, il est saisi d'un terrible désespoir. Le sol a été ratissé et recouvert d'une nouvelle couche de sable ; les graviers ont disparu. Alors, Traoré cesse de compter.

Les jours succèdent aux jours, uniformément, sans espoir que cela cesse. Pourtant, un matin, un gardien fait lever le jeune homme avant tous les autres et retire les cercles de fer de ses chevilles. Traoré marche sans entrave. C'est un tel bien-être qu'il en oublie un instant où il se trouve.

Un court instant seulement. Il est bientôt obligé de descendre dans la fosse aux excréments, où avec trois autres captifs, il doit remplir de grands baquets de bois. Lorsque ceux-ci sont pleins, ils les prennent par les anses et, au-delà d'une poterne qui perce la muraille, les transportent jusqu'à la mer où ils les déversent. C'est une besogne répugnante, mais contrairement aux jours et aux nuits passés à l'attache, elle donne malgré tout le sentiment d'exister. Ravalant sa honte, Traoré l'accomplit sans rechigner.

Au quatrième voyage, le prisonnier qui le seconde lâche soudainement le baquet. Avec un hurlement sauvage, il se jette à l'eau. D'une nage vigoureuse, il s'éloigne vers la côte lointaine. L'un des gardiens lève son arme au tonnerre qui tue. L'autre la relève de la main.

– Attends, prononce-t-il.

Derrière le fuyard, se dessine un mince sillage tracé par une lame courbe et brillante.

Un cri, un bouillonnement ensanglanté, puis plus rien. Le mot que prononce un des gardiens en riant se marque dans la mémoire de Traoré.

– Requin !

Extrait du journal du chevalier de Kerven

7 *mars* 1750

Jamais je n'aurais imaginé qu'il pût faire aussi chaud dans aucun lieu de notre globe. Le vent qui survole Gorée vient du continent. Pour qu'il soit aussi sec et brûlant, c'est qu'à coup sûr l'intérieur de la terre africaine n'est qu'une fournaise qui brûle sa végétation et carbonise la peau de ses habitants.

Hier, pour la première fois, j'ai approché des Nègres de près, sur une plage au sud de Gorée, où des hommes, presque aussi noirs qu'eux, étaient venus nous les vendre.

On m'avait chargé d'examiner leur état physique pour qu'il n'y ait pas de contestation quant à la qualité du lot. Ce qu'il m'avait déjà été donné de faire sur le champ de foire de Ploërmel en tant que vétérinaire. Toutefois, il s'agissait alors de chevaux et de bœufs.

J'ai été un moment désorienté, car sans conteste, il s'agit bien d'êtres humains. Mais dans quel état de primitivité ! Ceux qui ne sont pas entièrement nus n'ont pour tout vêtement qu'un morceau de tissu crasseux qui leur ceint la taille. Les femmes aussi bien que les hommes. Certains ont des faciès grossiers, comme à peine ébauchés, mais d'autres ont des traits qui pourraient bien être comparés aux nôtres ; si ce n'était cette couleur…

Je suis un scientifique et je suis convaincu que le soleil est responsable de la noirceur de leur épiderme. J'ai cependant entendu dire que la malédiction de Dieu y était pour quelque chose. Et ceci depuis que Cham, l'un des fils de Noé, aurait selon l'Ancien Testament commis une faute irréparable. Je m'étais jusqu'alors satisfait de cette explication. Jusqu'à cette première rencontre.

Ils m'ont tous semblé être dans un état de santé acceptable, en dépit d'un lourd accablement qui leur ôte toute réaction et, peut-être, toute pensée. Deux d'entre eux m'ont surpris cependant. Pendant mon examen, ils n'ont pas baissé la tête et ont cherché mon regard. C'est moi qui ai fini par détourner les yeux.

Le premier est un homme jeune, grand, aux muscles longs et déliés, qui fait penser aux statues antiques dont j'ai vu des illustrations dans un livre. Je ne sais pourquoi je me suis senti petit, laid et sale sous la manière dont il m'observait. Le second est une femme à la peau un degré plus sombre que celle des autres. Alors que je palpais son ventre pour savoir si elle attendait un petit, elle a eu un sourire de dédain qui m'a fait ressentir de la honte. Honte de mon geste de maquignon. Honte du désir que j'ai ressenti soudain pour cette Négresse.

27 mars 1750

Le temps s'étire. Je me demande si nous lèverons l'ancre un jour. Trois autres navires mouillent à quelques encablures du nôtre. Tous les trois viennent du port de Bordeaux et pratiquent aussi la traite. C'est suffisant pour former un convoi, mais une frégate du roi doit nous escorter afin de nous protéger des corsaires anglais. Nous scrutons l'horizon dans l'attente de ses voiles.

Ce délai nous est d'ailleurs bénéfique, car notre capitaine n'est pas encore parvenu à compléter son lot d'hommes et de femmes embarqués. Il en manque presque une vingtaine pour que la cargaison soit d'un bon rapport.

En revanche, les charpentiers ont terminé la plate-forme de bois brut qui sépare en deux l'entrepont dans sa hauteur. Sur ce faux pont, les Nègres seront contraints de s'allonger les uns contre les autres en quatre rangs, les pieds immobilisés sur des barres métalliques. Ils pourront, à la rigueur, s'asseoir, mais en aucun cas se mettre debout. Une cloison de planches délimite vers l'avant du bateau un espace plus réduit réservé aux femmes, moins nombreuses que les hommes.

Cet entassement peut paraître inhumain, mais c'est le seul moyen de rentabiliser le voyage.

– Combien comptez-vous en embarquer ? ai-je demandé au second.

– Deux cent quarante ; deux cent soixante en serrant un peu.

– Combien de temps va durer la traversée ?

– Un mois, un mois et demi selon les vents.

– Et ils vont survivre ?

– Bien sûr. Au dernier voyage, on n'en a perdu que vingt-cinq, qu'on a jetés à la mer. Surtout des hommes. Ils sont moins résistants que les femmes parce qu'ils désespèrent plus vite.

4 avril 1750

La Duchesse Anne *a levé l'ancre pour aller croiser plus au sud, où on nous a signalé plusieurs points de vente qui nous permettront de compléter notre lot. Chaque capitaine reconnaît le sien à une inscription qu'on fait dans le dos de chaque prise avec une encre rouge qui met beaucoup de temps à s'effacer.*

Le planteur qui les achètera aux Îles les marquera au fer, s'il le souhaite.

Pour ma part, j'ai quitté le bord afin de prendre quartier à Gorée. Le chirurgien de l'esclaverie est tombé malade, atteint d'une de ces fièvres africaines qui n'épargnent pas plus les Blancs que les Noirs. Il semble que je sois le mieux à même de le remplacer dans ses fonctions.

L'essentiel de celles-ci consiste à repérer parmi les futurs esclaves ceux qui paraissent peser moins de cent quatre livres pour les mâles et quatre-vingt-huit pour les femmes. Il faut ensuite décider si cette maigreur excessive est due à une quelconque maladie ou à une nourriture insuffisante.

Après qu'on les a pesés, ceux qui sont soupçonnés d'être malades sont embarqués dans une chaloupe et, pour éviter qu'ils contaminent les autres, ils sont jetés à la mer. Les requins se chargent d'eux. C'est, je le reconnais, une manière d'agir particulièrement inhumaine, mais elle est connue des captifs, et les dissuade de simuler la faiblesse ou de se rendre malades volontairement.

Les autres sont regroupés dans une salle spéciale où on les engraisse en les gavant de soupe aux pois et de bouillie de mil, jusqu'à ce qu'ils aient retrouvé un poids et une santé qui leur permettront de supporter la traversée.

Au cours de mon inspection, j'ai reconnu le grand Noir que j'avais remarqué sur la plage où nous l'avons acheté. Une fois encore pendant que je l'examinais, il m'a regardé directement dans les yeux avec plus de curiosité que de crainte. Il m'a inspiré à la fois de la méfiance et je ne sais quel respect. Il n'y avait pas de soumission dans son regard, mais une interrogation.

Pendant que je visitais le quartier où les femmes sont isolées, j'ai aussi revu, pour mon malheur, la jeune Noire de la plage. De nouveau, elle m'a paru d'une beauté diabolique. Peut-être parce qu'elle parvenait à utiliser les loques de son vêtement pour demeurer décente et digne. Il y avait dans ses yeux la même question que celle du grand Noir : « Pourquoi faites-vous cela ? Pourquoi ? »

L'adjoint au gardien-chef, à qui je me suis confié, m'a expliqué que, si je le voulais, cette femme pourrait m'appartenir lorsqu'elle aurait définitivement son statut d'esclave. Cependant, si avant qu'elle soit embarquée, on remarquait qu'elle porte un enfant, elle demeurerait à Gorée.

– Je ne comprends pas, ai-je protesté. Il y a bien des Négresses enceintes ici.

– Oui. Mais est-ce que celle qui vous préoccupe a été déclarée comme telle lorsque vous l'avez acquise ?

– Non.

– Alors, si elle le devient maintenant, ce ne pourra être que le fait d'un Blanc, puisque les Nègres mâles et femelles ne peuvent pas se rencontrer. Dans ce cas, elle restera ici et deviendra une de celles qu'on appelle les Signares[1]*, porteuses d'enfants métis et qui ne peuvent point être faites esclaves. C'est un décret royal qui l'interdit.*

Mon air contrarié l'a fait rire.

– Allons ! Un peu de patience. Surveillez-la bien et attendez qu'elle soit embarquée. À bord et là-bas aux Îles, tout devient possible, quoi qu'en dise le Code noir[2] *du bon monsieur de Colbert. Paix à son âme.*

---

1. Femmes noires ou métisses affranchies par un Blanc sur la côte africaine.

2. Décret royal pour réglementer les droits et les devoirs des propriétaires d'esclaves.

CHAPITRE VI

Par fournées successives, de nouveaux captifs viennent s'ajouter aux premiers compagnons de Traoré. La longue cellule est maintenant surpeuplée. Les hommes sont tellement serrés les uns contre les autres que, même dans leur sommeil, ils ne peuvent pas faire un mouvement sans bousculer leur voisin.

Le local n'est aéré à son extrémité que par une étroite fenêtre à barreaux. Il y règne une lourde odeur d'étable. Beaucoup, parmi les captifs, sont nus, ayant perdu leurs dernières loques. Traoré a pu conserver son pagne de toile et sa ceinture de cuir. Il veille jalousement sur ces pauvres reliques de sa liberté.

À chaque sortie dans la cour, il fait son possible pour se rapprocher de Seghor. Celui-ci accepte de bon gré sa compagnie. Il se montre cependant très prudent.

– Ils n'ont pas encore remarqué que nous étions

du même peuple. Pour eux, tous les hommes noirs se ressemblent. Pourtant, il ne faut pas qu'ils sachent que nous nous parlons.

– Qu'est-ce que ça peut leur faire ?

– Ils ont peur d'une révolte. Nous sommes des centaines ici. Si nous pouvions...

Traoré l'interrompt d'un rire amer :

– Une révolte ! Quelles chances aurions-nous ?

– Aucune sans doute. On m'a dit qu'un jour trois Wolofs ont tué un gardien en lui écrasant la tête avec leur boulet. Les Peuhls, les Toucouleurs ni aucun des autres n'en ont profité.

– Et bien sûr, ces trois fous sont morts.

– Oui, déchiquetés à coups de fouet. C'est peut-être une manière d'être libre.

– Tu voudrais te donner la mort ?

– J'y pense souvent, mais je ne sais pas comment faire. Certains y sont parvenus en avalant de la terre et des cailloux. J'en ai vu un agoniser pendant deux jours. Je n'ai pas le courage de finir ainsi.

Seghor continue à parler, le visage levé vers le ciel, pour qu'on ne remarque pas qu'il s'adresse à son voisin.

– Je sais que je ne retrouverai jamais ma vie d'avant, la vie de mon peuple. Ici, c'est l'enfer et ce sera sans doute pire sur les grands bateaux. Mais peut-être que là-bas, au-delà du couchant, il y a une autre vie. Une vie qui, malgré tout, est préférable à la mort.

Traoré ne saura jamais combien de temps il a survécu dans les tombeaux de pierre de l'île de Gorée. Une survie qui ne fait que répéter la misère d'un jour à l'autre, d'une nuit à l'autre ; une misère du corps et de l'esprit qui peu à peu interdit de penser, de se souvenir, d'imaginer un avenir.

Désespérément, le jeune homme tente de s'accrocher à ce qui, jusqu'à maintenant, était sa vie. Son village : ses lourdes somnolences et ses fêtes ; ses parents souvent indifférents, parfois si tendres ; sa vie solitaire de berger dans la savane. La source d'Aïn Kala, Vanidia... Tout cela se dilue dans une hébétude peuplée de cauchemars.

Un jour enfin, le cycle du temps se brise et, en dépit de tout, cette rupture est comme une délivrance.

L'embarquement dure deux jours. Quatre chaloupes font le va-et-vient entre l'appontement et les vaisseaux ancrés au large, chargées à chaque voyage de douze captifs. Ils ont été débarrassés de leurs fers car on craint que, s'ils tombent à l'eau, ils ne coulent au fond et soient irrémédiablement perdus pour ceux qui ont fait d'eux une marchandise.

Ne plus sentir ces cercles de métal autour de son cou, de ses poignets ou de ses chevilles est un tel soulagement que Traoré éprouve malgré lui une forme de gratitude envers ses bourreaux qui les lui ont ôtés.

Les chaloupes traversent la rade. Soudain, l'attention du jeune homme est attirée vers l'embarcation qui suit la sienne. Une brève bousculade ; deux prisonniers se jettent à la mer et tentent de s'éloigner à la nage. L'un d'eux n'en a pas le temps : un matelot armé d'une gaffe le harponne dans le muscle de l'épaule. Le malheureux hurle de douleur tandis qu'on le hisse à bord. En quelques coups d'avirons, le second est vite rejoint et capturé de la même manière. Attirés par le sang, les requins s'approchaient déjà.

Une évidence s'inscrit dans l'esprit de Traoré. Dans cet univers devenu fou, indéchiffrable, la liberté n'est plus que dans la mort. Et Traoré ne veut pas mourir. Une autre certitude s'impose à lui : « Ils ne souhaitent pas que je meure, se persuade-t-il. Ils tiennent à sauvegarder ma vie parce que pour eux, elle a de la valeur. Ce ne sont pas des assassins, mais des marchands de chair humaine. Je ne comprends pas le prix que je représente à leurs yeux, à moins que je ne sois devenu un animal domestique. »

Le flanc du grand bateau est une muraille de bois qu'il faut escalader au long d'une échelle. Dès qu'il atteint le pont, le troupeau des captifs change de bergers. Les gardes de l'esclaverie cèdent la place aux matelots du bord.

Immédiatement, Traoré comprend que ces hommes sont dangereux. Non pas qu'ils semblent plus féroces que les autres, mais il est visible qu'ils ont peur. Peur d'être, dans l'espace refermé du navire, si peu nombreux face à la foule de ceux qu'ils embarquent. Tous ont à la main une corde tressée dont il apprendra vite le nom : la garcette ! Ils ne parlent pas, ils hurlent des ordres encore incompréhensibles mais qui se gravent déjà dans les mémoires : *Marchez ! Arrêtez ! Couchez, là ! La paix, là !*

Un homme approche de Traoré qui se trouve en tête de la colonne. Il vocifère un instant et, excédé de ne pas être compris, il entreprend de dénouer la ceinture du prisonnier. Traoré résiste. La garcette siffle et lui cingle le torse. Ceinture et pagne sont jetés par-dessus bord. Terrorisés, les autres se débarrassent eux-mêmes de ce qu'il leur reste de vêtements.

Nus, humiliés et soumis, les malheureux sont

poussés vers une écoutille, un trou dans le pont, par lequel on les enfonce dans le ventre du navire. Hébétés, toute volonté vaincue, ils se retrouvent bientôt serrés les uns contre les autres entre un plancher de bois brut et un plafond qu'ils heurtent de la tête s'ils tentent de se redresser. De nouveau, leurs chevilles sont encerclées de fer et mises à l'attache sur de longues barres métalliques. Ils sont ainsi alignés sur quatre rangs parallèles.

Poussé le premier dans cet embrochement, Traoré se trouve coincé entre une cloison de planches et l'homme qui le suit, un Toucouleur qui psalmodie mécaniquement des incantations. C'est encore pire que dans le caveau de pierre de l'esclaverie, car ici, tout est mouvant. Un lent balancement renvoie chacun d'une hanche sur l'autre. Traoré serre les dents pour maîtriser la panique qui le gagne. Soudain, quelque part dans la pénombre, un homme hurle de terreur, un autre lui répond. Traoré va crier lui aussi…

– *La paix, là !*

La garcette siffle. Le cri de peur s'achève dans un gémissement de douleur.

De nouveau l'attente, d'autant plus désespérante que rien ne permet de deviner combien de temps elle va durer ni à quoi elle va aboutir. Une angoisse qui fait regretter de n'être pas un animal incapable de penser.

À la tombée du soir, les quatre chaînes humaines sont successivement hissées sur le pont afin que les malheureux puissent se soulager et avaler un bol de bouillie de pois. Après quelques minutes d'air libre, ils sont de nouveau entassés dans l'entrepont.

Traoré retrouve sa place près de la cloison. Les yeux ouverts dans l'obscurité, il tente de se rappeler une de ces berceuses qu'on chante aux enfants pour qu'ils trouvent le sommeil.

Subitement, alors qu'il va y atteindre, il sursaute. Non, il n'a pas rêvé. De derrière la boiserie, il distingue des voix, des voix de femmes. Il colle son oreille contre l'interstice séparant deux planches. Les paroles deviennent plus distinctes et il reconnaît le sabir qui permet aux Peuhls et aux Toucouleurs de se comprendre.

Alors, il est saisi d'un espoir insensé. Les lèvres au bord du bois, il répète de plus en plus fort :

– Vanidia ! Vanidia !

De l'autre côté, le silence se fait d'un coup. Un bruit de chaînes et de bousculade, et la voix qu'il craignait de ne plus jamais entendre filtre à travers les planches :

– Traoré ! Je suis là.

CHAPITRE VII

Traoré et Vanidia n'ont pas pu se parler davantage cette nuit-là. Trop de gémissements, de ronflements, de cris de cauchemar, de cliquetis de chaînes couvraient leurs voix, et la cloison était trop épaisse pour qu'ils puissent se comprendre. Dans son sommeil, Traoré s'est pressé contre la paroi, comme il aurait tant voulu le faire contre le corps de Vanidia.

Il s'éveille avec l'aube qui filtre à peine à travers les sabords entrouverts. Le navire accentue son tangage et bientôt, il s'incline sur son flanc droit, rendant la position des corps allongés encore plus inconfortable.

Lorsque Traoré émerge sur le pont, c'est pour constater que la côte n'est plus qu'une brume incertaine et qu'au-dessus de sa tête, le navire a déployé sa voilure : une gigantesque floraison de toile s'est épanouie autour des mâts. Devant : rien ! L'infini de l'eau, l'infini du vent.

– *Marchez ! Marchez !*

Les chaînes grincent, les garcettes claquent. Le chapelet des corps noirs tourne d'un bord à l'autre. Et alors, après la voix retrouvée de Vanidia, le deuxième prodige se réalise. Là, à peine visible dans l'angle d'une poutre, un fort clou de fer, sans doute échappé à un charpentier. Traoré tire de toutes ses forces sur la chaîne pour s'en approcher, feint de trébucher et tombe à genoux. Une garcette cingle ses reins mais, lorsqu'il se relève, sa main s'est refermée sur son butin.

Toute la journée, tourné face à la cloison, plus obstiné qu'un rongeur, Traoré a creusé le bois au niveau de sa tête. Lorsque le soir arrive, il a pratiqué un trou large comme l'ongle de son pouce.

– Vanidia !

– Oui, je t'entends.

– Passe ta main sur la première planche du mur.

Traoré enfonce son index dans l'orifice. À l'extrémité de son doigt, le contact d'une paume. Un contact qui se prolonge, aussi doux, aussi apaisant qu'un baiser.

Tour à tour, tous les deux approchent leur bouche ou leur oreille auprès du trou et chacun peut sentir le souffle de l'autre. Au début, le dialogue est difficile, mal coordonné, puis ils apprennent à s'écouter, à ne pas s'interrompre. Traoré se libère enfin de son angoisse.

– Est-ce que les gardiens t'ont fait du mal ? Je veux dire…

– Je sais ce que tu veux dire. Les gardiens venaient parfois chercher des femmes, les plus jeunes et les plus belles. Certaines sont restées à Gorée.

– Mais toi ?

– Un jour, un soldat a voulu m'emmener, mais le jeune sorcier blanc, tu sais, celui qui nous a examinés sur la plage, l'en a empêché. Quand nous sommes montés sur le bateau, il a aussi interdit qu'on retire mon vêtement.

Traoré sent une terrible colère monter en lui.

– Il te veut pour lui, c'est ça ?

– Peut-être…

– Et tu trouves cela normal ?

– C'était déjà normal pour le chef du village toucouleur qui me réservait pour son fils. Je suis une esclave.

– Je ne comprends pas ce mot. Je ne veux pas savoir ce qu'il signifie.

– Tu le comprendras bientôt, Traoré ; car c'est ce que tu es déjà. Moi je le suis depuis si longtemps… On ne te tuera pas, on ne te fera pas de mal si tu es obéissant ; peut-être même qu'on sera bon avec toi. C'est possible : on aime bien les chiens quand ils sont soumis.

Cette nuit-là, Traoré a refusé d'en entendre davantage. Il n'a plus fait écho au chuchotement de Vanidia. Il s'est enfermé dans son chagrin et dans sa haine pour cet homme blanc qui pouvait la lui prendre, simplement parce qu'il le voulait.

Malgré tout, des heures entières, pendant des jours et des nuits, ils se sont parlé, raconté les événements importants ou insignifiants de leur vie passée. Mais jamais ils ne se sont risqués à imaginer leur avenir, tant ils étaient impuissants à donner un sens à la tourmente qui les emportait vers l'inconnu.

La pire douleur était de se savoir si près l'un de l'autre sans qu'il soit possible de se voir, de se toucher. Ainsi, ils se sont enfoncés dans l'infini du temps, dans l'infini de l'océan. Malgré lui, Traoré se sentait presque pris d'admiration pour ces hommes blancs qui, de leur seule volonté, se risquaient à affronter ces mondes sans limites.

Deux jours et deux nuits de suite, une tempête a fait rage. Le navire a été pris de folie, roulant d'un bord à l'autre, ébranlé par des chocs sourds qui le faisaient gémir de toutes ses membrures. Dans l'obscurité, sabords et écoutilles verrouillés, la cargaison humaine était pétrie comme une seule chair. Sans autre appui que leurs chaînes, les corps nus s'entrechoquaient, glissaient sans répit sur le bois qui écorchait leur peau.

Deux jours et deux nuits sans manger, sans boire, dans l'odeur insoutenable, irrespirable de l'urine, des déjections et des vomissures.

Chaque fois qu'il était plaqué contre la cloison, Traoré criait : « Vanidia ! » Dans le vacarme, il ne saisissait aucune réponse.

L'horreur prend fin aussi subitement qu'elle a débuté. L'écoutille est rouverte. Au moment où la longue file doit ramper vers elle, deux corps demeurent inertes. Peut-être ces hommes étaient-ils malades, peut-être ont-ils succombé à la terreur. Il faut les pousser, les tirer jusqu'au pont. Pour eux, le voyage a pris fin. Sans plus de cérémonie, deux matelots les saisissent par les bras et les jambes et, après trois balancements, les jettent à la mer.

Les autres se ruent sur les baquets d'eau et de nourriture dans lesquels ils puisent à pleines mains. Les matelots les laissent faire. Eux aussi sont certainement épuisés par la lutte qu'ils ont soutenue contre l'océan ; à moins que la peur du naufrage et de la mort n'allume dans leurs cœurs une étincelle d'humanité.

Le répit est de courte durée. De nouveau des cris, des ordres et des sifflements de garcette. Traoré et ses compagnons sont alignés en arc de cercle, le dos au gaillard d'avant. Ils ont toujours les pieds entravés et, par une mimique appropriée, on leur ordonne de croiser les mains derrière leur nuque.

Ils restent ainsi un moment. Jusqu'à ce qu'apparaissent sur le pont l'homme au chapeau argenté, celui dont on sait maintenant qu'il se nomme « capitaine », et l'autre, celui que Vanidia a appelé le jeune sorcier blanc. Traoré, à l'une des extrémités de la chaîne, le voit venir vers lui. Il ferme les yeux et baisse la tête ; pour le contraindre à la relever, une main lui saisit les cheveux. Alors, une rage meurtrière s'empare du jeune homme. Il saisit le cou du sorcier blanc en criant :

– Ne me touche pas ! Ne touche pas à Vanidia !

De l'autre extrémité de la chaîne, Seghor s'élance en avant, entraînant les autres. Et la langue peuhle semble surgie de la lointaine savane, alors qu'il hurle :

– Nous sommes des hommes ! Vous entendez, nous sommes des hommes !

Les matelots sont pris de court et le cercle des

enchaînés se referme sur les deux Blancs. Le jeune se débat, à demi étranglé par la poigne qui ne le lâche pas. Calmement, le capitaine tire de sa ceinture une courte arme qui tue à distance. Dans la bousculade, le tonnerre retentit et Traoré a juste le temps de voir le visage d'un de ses compagnons éclater comme une pastèque mûre, avant qu'un terrible coup sur la tête lui fasse perdre connaissance.

Lorsqu'il reprend ses esprits, il ne peut retenir un gémissement de terreur ; on l'a suspendu par les poignets à une corde qui descend de l'extrémité de la basse vergue du grand mât. Au-dessous de lui, l'eau rejetée par l'étrave bouillonne. Traoré est un homme de la pleine terre. Ce tourbillon liquide, il en est certain, ne peut que le dévorer, plus sûrement que ne le ferait le feu.

Les épaules distendues, il tourne lentement sur lui-même. À chaque rotation, il aperçoit Seghor, son frère de révolte, qui lui aussi oscille sous la vergue de l'autre mât.

Tour à tour, les matelots font monter sur le pont les quatre chaînes d'esclaves pour qu'ils puissent voir le sort réservé à ceux qui osent porter la main sur les dieux blancs.

Puis vient le tour des femmes. Plus hardies que

les hommes, quelques-unes entonnent une mélopée, un chant funèbre, que d'autres puis d'autres encore reprennent. Elles sont vite renvoyées dans la cale mais, avant qu'elles ne disparaissent, Traoré reconnaît Vanidia, une des rares qui soient encore vêtues. D'un geste horrifié, elle porte ses mains à son visage comme pour s'interdire de regarder. Il veut crier son nom, mais la tension sur son torse est telle qu'aucun son ne peut atteindre ses lèvres.

Le pont n'est plus occupé maintenant que par les matelots qui s'approchent tous du plat-bord. Soudain, la corde se relâche et Traoré tombe dans le vide. Il touche l'eau dans un choc brutal. Une dernière pensée alors qu'il coule : « Je vais mourir. »

Mais le filin se tend de nouveau et le supplicié revient à la surface, traîné dans le sillage du bateau comme un poisson accroché à la ligne qui l'a piégé. Battu par le clapot, il suffoque, n'ayant jamais le temps de reprendre son souffle.

Il se sent enfin hissé jusqu'au niveau du bastingage. Sur le pont, les matelots ont tous le visage fendu d'un grand rire.

De nouveau la chute, la semi-noyade, le répit... Puis encore et encore. Combien de fois ? La conscience de Traoré sombre dans le néant.

Il est maintenant assis au pied du grand mât, ligoté dos à dos avec Seghor. La douleur lui paralyse la nuque et les épaules. Il a du feu dans la gorge et dans la poitrine. Il veut parler, mais une quinte de toux l'en empêche.

Le soir vient. Traoré grelotte de froid et d'épuisement. Le sorcier blanc s'approche et s'accroupit face à lui. Il l'observe avec une sorte de curiosité, d'étonnement. Il parle. Ce qu'il dit n'a pas de sens pour Traoré, mais celui-ci distingue bientôt un mot que l'autre prononce à plusieurs reprises : *Pourquoi ?*

Extrait du journal du chevalier de Kerven

12 juillet 1750

Une tempête en mer est effroyable pour un homme qui, comme moi, n'a vécu qu'en pleins champs. J'ai connu des orages, des tornades et des vents fous sur la Bretagne, mais le sol ferme était là, sous mes pieds. Ici, pas de sauvegarde, pas d'autre refuge que ce misérable assemblage de bois qu'est un bateau. La mer a tout pouvoir. On ne peut compter que sur sa mansuétude, sur sa pitié. Si la colère divine daigne se manifester, c'est à n'en pas douter sa plus terrible expression.

Une pensée m'a traversé l'esprit : ce commerce d'êtres humains que nous pratiquons déplaît peut-être à Dieu, qui va nous punir… Je me suis vite rassuré. Je n'ai jamais entendu quelque religieux le condamner. Au contraire. Un prêtre de Gorée m'a expliqué que, pour ces primitifs, l'esclavage était leur chance de découvrir la vraie foi et d'éviter l'enfer, auquel tous les païens sont condamnés.

Agrippé à un cordage du mât de misaine, j'ai regardé les matelots se débattre contre la tourmente. Ce qu'ils faisaient me paraissait anarchique et dérisoire. Les gabiers, comme des funambules insensés, carguaient les voiles au plus serré pour que le vent ne s'y engouffre pas. Les hommes de pont obstruaient tous les orifices, arrimaient ce qui pouvait glisser ou rouler. Le capitaine, rigide comme une statue sur le château arrière, défiait les éléments. Moi, je cherchais dans mes souvenirs une prière qui pût me libérer de ma peur.

À plusieurs reprises, j'ai tenté de me réfugier dans mon réduit, derrière la cambuse. Cet enfermement aveugle était pire que la vision d'apocalypse qui m'attendait sur le pont. J'avoue qu'à ce moment, je n'ai pas eu de pensée pour ce que subissait notre cargaison humaine dans l'entrepont, pas même pour la jeune femme que je convoite et que je protège.

Je sais à présent qu'elle se nomme Vanidia, pour avoir entendu ses compagnes l'appeler ainsi. Je ne parviens toujours pas à comprendre comment cette sauvage à la peau noire efface de mon souvenir les Bretonnes que j'ai courtisées. J'ai interdit qu'on la dépouille de son vêtement comme on l'a fait pour la plupart des autres. J'ai surtout usé de mon autorité de chirurgien à bord pour que les matelots ne se servent pas d'elle, comme ils ont coutume de le faire avec celles qui leur plaisent.

Protégés par l'accord tacite du capitaine, ils ont aménagé, près du puits aux ancres, un local dans lequel, lorsqu'ils en ont l'envie et le loisir, ils entraînent les plus appétissantes des captives.

J'ai été tenté de faire de même avec Vanidia. Alors qu'un soir, elle tournait sur le pont avec les autres, je me suis approché d'elle, prêt à faire signe au quartier-maître de défaire la manille qui la liait à la chaîne.

Elle m'a regardé. Dans ses yeux, il n'y avait ni peur ni soumission, ni révolte non plus. Mais j'ai reconnu cette lueur de fierté et d'insolence que j'avais vue dans le regard d'une louve que mon frère avait capturée et mise en cage. Cette lueur semblait dire : « Tu ne prendras de moi que ce que tu es capable de prendre. Mon corps, ma vie si tu le veux. Pas l'âme qu'il y a derrière mes yeux. »

Est-ce que j'ai eu peur ? Est-ce que j'ai eu honte ? Je ne sais. Je me suis éloigné aussi dignement que je l'ai pu, mais j'étais conscient d'être vaincu.

14 juillet 1750

Un événement invraisemblable vient de se produire. Dès que l'ouragan s'est apaisé, on a fait monter les Nègres sur le pont. On a dû jeter deux d'entre eux à la mer. Ce qui porte à douze le nombre de nos pertes, après un mois et trois jours de navigation.

Le capitaine m'a demandé de vérifier l'état de santé des vivants. Le premier dont je me suis approché, parce qu'il était à l'extrémité de la chaîne, était ce jeune mâle que j'avais déjà remarqué sur la plage où nous l'avons acquis, et plus tard à l'esclaverie.

Subitement, il s'est précipité sur moi et a tenté de m'étrangler. Je n'ai évidemment pas compris ce qu'il criait, sauf un nom : Vanidia ! Serait-ce possible que ce Nègre sache que je m'intéresse à cette femme ? Et qu'il me la dispute ? Je n'ai pas l'habitude de me tourmenter l'esprit avec des abstractions. Cependant une question me vient : peut-il y avoir quelque chose de commun entre cet être et moi ?

Nous sommes facilement venus à bout de cette rébellion, bien que les autres se soient montrés menaçants. Peut-être aurait-il fallu exécuter ce forcené puisqu'il avait tenté de me tuer. En revanche, la punition qu'on lui a infligée, ainsi qu'à l'un de ses complices, m'a répugné. En effet, elle servait davantage à l'amusement des matelots qu'à une nécessité.

21 juillet 1750

Le capitaine est formel. La couleur des eaux a changé. Un oiseau de mer, que les matelots nomment frégate, est venu survoler notre voilure : la terre est proche. Je suis assis sur le pont contre le plat-bord pour écrire ces lignes. Je tente en vain d'imaginer la vie qui sera la mienne désormais. Je ne possède rien, hormis un peu de savoir et une lettre de recommandation de l'évêque de Vannes, obtenue par mon frère.

Le capitaine en second, qui m'a pris en amitié, m'a expliqué la condition des Petits Blancs dans les Îles, ceux qu'on appelle les « trente-six mois » parce que c'est la durée de leur contrat. Le voyage aller leur est payé par le colon qui les emploiera, mais une fois sur place, ils ne sont guère mieux considérés que les esclaves noirs. Très peu parviennent à se faire une place honorable dans la société blanche des Îles. Est-ce que c'est le sort qui m'attend ? Aurai-je la force et la volonté de me faire une place dans ce monde inconnu ?

23 juillet 1750

Avant-hier, le fil de mes pensées moroses a été interrompu par un cri de la vigie :

– Voile inconnue à bâbord !

Nous étions isolés. La tempête avait dispersé le convoi constitué au départ de Gorée, plus tôt que prévu. Le navire royal qui devait nous escorter nous avait depuis longtemps distancés. De toute façon, nous étions les seuls à avoir la Guadeloupe pour destination. Les autres bateaux négriers s'étaient écartés plus au sud vers la Martinique ou au nord vers Saint-Domingue.

Notre capitaine a fait donner toute la voilure, au risque de démâter, car le vent d'alizé était fort. Malgré tout, notre poursuivant a gagné rapidement sur nous et, tout en se tenant à distance, est arrivé à notre hauteur. Son pavillon est devenu bien visible : un Anglais ! Un petit nuage de fumée s'est échappé de son flanc. En même temps que le bruit de la détonation nous est parvenu, un boulet a ricoché sur l'eau, à quelques brasses de notre bord.

Je me suis approché du quartier-maître.

– Maudits Gottons, s'est-il exclamé. Ils veulent qu'on mette en panne et qu'on se rende, pour nous voler notre bateau et nos Nègres.

– Qu'est-ce qu'on peut faire ?

– Pas grand-chose. Avec les trois malheureuses bouches à feu qu'on a sur chaque bord... Le capitaine va manœuvrer pour gagner du temps. En attendant je-ne-sais-quoi ou je-ne-sais-qui.

Effectivement, dans un grand claquement de voiles, notre bâtiment a viré sur sa droite, présentant son arrière étroit à l'ennemi. Celui-ci a tiré une bordée, sans plus d'effet que d'écorner la balustrade du château arrière. Les autres boulets se sont perdus en mer. Mais bientôt, l'Anglais nous a rejoints de nouveau sur notre côté gauche, se préparant à nous canonner de flanc.

Les ordres du capitaine tonnaient dans son porte-voix, repris par le second et le quartier-maître. Brutalement, nous avons de nouveau viré pour nous présenter, cette fois, face à l'ennemi, vent arrière. Un instant, j'ai cru que nous allions l'éperonner, mais nous sommes passés dans son sillage, au ras de sa poupe.

Une mousquetade nous a criblés de mitraille. Deux gabiers sont tombés de la mâture. À côté de moi, un matelot a eu la tête à demi emportée.

Le jeu ne pouvait plus durer, car l'Anglais a changé de cap en même temps que nous et se trouvait déjà presque en mesure de nous aborder. Je voyais nettement les habits rouges des officiers et les culottes rayées des matelots. Tout paraissait maintenant inutile.

Un cri est alors tombé de la hune.

– Terre ! Terre droit devant. Voile venant sur nous !

Le second s'est rué à l'avant, sa lunette à la main. Je l'ai rejoint au moment où il hurlait :

– Sainte Vierge ! Des flibustiers ! Ils ne peuvent être que des nôtres. Nous sommes sauvés !

– Mais les flibustiers sont des pirates !

– Certes, mais ceux-ci œuvrent avec licence du roi de France. Regardez bien : à côté de leur pavillon noir, flotte celui à fleurs de lys.

L'Anglais n'a pas insisté et, utilisant toute sa voilure, s'est échappé vers le nord, immédiatement pris en chasse par le nouveau venu. La Duchesse Anne *a poursuivi sa route vers la côte qui devenait de plus en plus nette.*

– Je la reconnais, a dit un marin près de moi. C'est l'île de la Désirade. Derrière elle, sous les nuages, c'est la Guadeloupe.

Puis se tournant vers moi :

– Vous voyez, monsieur, je ne sais pas combien la peau de tous ces Nègres rapportera au capitaine et à son armateur. Mais moi, je suis bien content d'avoir encore une fois sauvé la mienne.

CHAPITRE VIII

Traoré et Seghor étaient jeunes et robustes, donc d'une bonne valeur marchande, ce qui leur a valu malgré leur rébellion de regagner l'entrepont parmi leurs compagnons de chaînes et d'être de nouveau attachés à l'une de ces quatre barres métalliques qui les soudaient les uns aux autres, telles les pièces de quatre horribles colliers.

Pour ces êtres entravés corps contre corps dans le ventre du navire, il y a pire que la douleur de leurs membres ankylosés, pire que la brûlure de leur peau écorchée par le bois et les fers. Leur supplice est de ne rien voir, de ne rien comprendre à ce qui se passe autour, au-dessus d'eux ; d'avoir perdu la notion du temps et de l'espace.

Les brefs instants où on les fait émerger sur le pont, aveuglés par la lumière du ciel et de la mer, leur laissent à peine le temps d'assouvir leur faim, leur soif et de se libérer de ce que beaucoup ne peuvent même pas retenir dans l'entrepont. Les quelques pas qu'on leur autorise ne sont que des trébuchements d'infirmes, avant qu'on les ensevelisse de nouveau pour laisser sortir les autres chaînes.

De nouveau, plus subitement encore que lors de la tempête, le navire a été pris de folie mais, cette fois, il semblait bien que le vent et la mer n'y étaient pour rien. Des cris, des piétinements sur le pont comme si l'équipage entier s'affolait. À deux reprises a retenti un grondement plus puissant, plus proche que celui du tonnerre. À deux reprises, le navire s'est brutalement incliné sur un flanc, puis sur l'autre, à tel point que les corps, perdant tout appui, ont roulé les uns sur les autres dans une mêlée d'épouvante.

– Traoré ! a crié Vanidia à travers la cloison. Nous allons mourir. Les esprits sont fâchés contre les Blancs. L'eau va les engloutir et nous avec eux.

Le jeune homme a fait de son mieux pour la rassurer, mais lui-même ne croyait pas à ce qu'il disait. Il ne se faisait pas d'illusions. Si, pour une raison qu'il ne pouvait imaginer, le navire allait par le fond, le dernier souci des matelots serait de libérer leurs captifs qui, dans ce cas, n'auraient pas plus de valeur que le bois de l'épave.

– Traoré !

– Oui, Vanidia.

– Si nous ne mourons pas, je veux que tu sois sûr que c'est toi que mon cœur aime.

– Moi aussi, je...

– Tais-toi et écoute. Je suis depuis longtemps privée de ma liberté, et je le serai toujours. Je ferai tout ce qu'on voudra de moi pour ne pas mourir, pour ne pas souffrir et pour que le malheur m'épargne. Toi, tu ne peux rien pour moi. Tu comprends ?

– Oui, je comprends. Tu me l'as déjà dit, là-bas.

Et en admettant cela, Traoré, de désespoir et de colère, se frappait le front contre la paroi qui le séparait de sa seule espérance. Qui avait le droit de lui infliger cette douleur ? Le cri de Seghor résonnait dans sa tête : « Nous sommes des hommes ! Vous entendez, nous sommes des hommes ! »

Le navire s'est calmé aussi brusquement qu'il s'était emballé. Les cris qu'on entend maintenant venir du pont ont changé de nature. Ils sont mêlés de rires. Traoré comprend qu'on a échappé à un danger, mais il ne saura jamais lequel. Quelque temps plus tard, à part un léger roulis, plus aucun mouvement ne se fait sentir.

Lorsqu'au soir, avec ses compagnons, il est amené sur le pont, c'est pour découvrir une chose merveilleuse. Le bâtiment est à l'ancre, la proue face à une terre à peine plus étendue que l'île de Gorée. Le rivage est dominé par un plateau aride, de roche blanche et ocre.

Il est saisi d'un fol espoir : « Nous sommes de retour chez nous ! » Il se détrompe vite en se tournant vers la poupe. Là-bas, dans la direction où le vent pousse les nuages, se dessine la sombre silhouette d'une chaîne montagneuse qui barre l'horizon. Alors, Traoré ne doute plus : voilà donc la terre qui se cachait derrière le soleil couchant, derrière l'océan. Et en la découvrant, il a peur.

Alors qu'il marche en rond sur le pont, en traînant ses fers, accoutumé à présent à sa nudité, il passe dans le dos de quelques matelots accoudés au bastingage. Il saisit un mot, plusieurs fois répété : *Guadeloupe*. Un mot qui, pour lui, sonne à la fois comme une délivrance et comme une condamnation.

Après une nuit écoulée à l'ancre, sous le vent de l'îlot, le bateau a repris sa route, contournant la Guadeloupe par sa pointe sud.

Par les sabords ouverts, en dépit de leur propre puanteur, les captifs ont saisi une autre odeur que celle de l'air salin. Une odeur de terre humide, parcourue de senteurs végétales qui gonflent leurs poitrines. Ces êtres qui ont atteint le fond de la misère du corps et de l'esprit se prennent soudain à rêver d'une espérance, d'un salut.

– Traoré, murmure Vanidia par le minuscule orifice qui les a réunis pendant toute la traversée, tu sens ? Tu sens comme moi ? Il y a des arbres, des plantes, des fleurs, comme chez moi lorsque j'étais petite. La mer ne nous a pas mangés. Je n'ai plus peur. Nous allons vivre.

– Oui, Vanidia, nous allons vivre !

En affirmant cela, Traoré est traversé d'une pensée sur laquelle ses lèvres se referment : « Est-ce qu'il ne vaudrait pas mieux être mort ?»

De nouveau hissé sur le pont, il découvre ce que lui, l'homme de la savane et des planes étendues d'herbes sèches, n'aurait jamais pu imaginer : un mur oblique de verdure dense qui s'élève depuis le rivage jusqu'à un sommet masqué de nuages.

Escaladant les premières pentes, des bâtiments de pierre brune, des rues, des drapeaux qui flottent sur les remparts d'un fort semblable à celui de Gorée. Des chariots, des chevaux sur un quai. Des appontements de bois où s'amarrent des barques. Des hommes habillés de vêtements et coiffés de chapeaux clairs. Des hommes blancs qui vivent ici et qui attendent la chair noire qu'on vient leur livrer.

La ronde des damnés s'est immobilisée. Les matelots oublient un instant de les contraindre à avancer. En tirant sur la chaîne qui le lie aux autres, Seghor parvient à s'approcher de Traoré.

– Que vont-ils faire de nous à présent ? demande ce dernier.

– S'ils se sont donné la peine de nous acheter et de nous transporter jusqu'ici, c'est pour se servir de nous. Ils nous feront travailler, manger, dormir, travailler et travailler encore.

– Pourquoi ? Comment ?

– Je ne sais pas. Ce sera une nouvelle existence. Elle ne sera peut-être pas insupportable. Mais une chose est sûre, dorénavant notre vie ne nous appartient plus. Lorsqu'on se laisse enchaîner, on n'est plus maître de son destin.

– Une chaîne peut être brisée.

– C'est vrai, petit berger. Peut-être le ferons-nous. Mais ce sera au prix de notre vie.

Après avoir subi tant de jours et tant de nuits sur le plancher mouvant du navire, Traoré et ses compagnons sont pris de vertiges en posant les pieds sur la terre ferme. C'est en titubant que leur longue file suit un chemin pavé de galets pour parvenir au pied de la muraille de la citadelle. Contre celle-ci s'alignent une vingtaine de cabanes de bois, couvertes de feuilles. Un muret de pierre, haut de quelques pieds, délimite un enclos en plein air.

Les deux centaines de captifs mâles que contenait le bateau sont les seuls à occuper cet espace. Après l'infernal confinement dans l'entrepont, ils vivent ce moment comme une libération.

Bientôt leur surprise dépasse leur entendement. Les gardiens, dont certains sont noirs, les font asseoir contre le mur et entreprennent d'ouvrir les bracelets de leurs chevilles et de les leur retirer.

Dans le même temps, deux chariots attelés de mules ont déchargé des baquets d'eau douce et de nourriture. Une nourriture abondante et qui contient ce dont les prisonniers avaient oublié jusqu'au goût : de la viande et du poisson.

Des cris de plaisir échappent à ces êtres qui depuis des jours et des jours gémissaient de douleur, de faim et de peur.

Traoré demeure à l'écart, tardant à se mêler à la curée.

– Viens, lui dit Seghor. Il faut manger et boire si tu veux vivre.

– Mais tu ne vois pas ! Nous n'avons plus de chaînes.

Ce n'est pas ce mur qui nous arrêtera et les gardiens n'ont pas d'armes. Nous pouvons fuir !

– Fuir ! Mais où ? Dans les rues de la ville ? Nus comme des vers ? Tu serais immédiatement repris.

– Je peux courir. Là-haut, il y a la montagne, la forêt.

– Tu ne sais rien d'elle. Tu y crèveras, seul comme un chien errant.

Traoré s'entête encore :

– Nous pouvons entraîner les autres. Nous sommes nombreux, nous pouvons…

Seghor le secoue violemment par le bras.

– Nous ne pouvons plus rien, pauvre fou. Regarde ! continue-t-il en désignant du doigt les malheureux qui se bousculent autour des baquets en y puisant à pleines paumes.

Quelques-uns, déjà rassasiés, vont s'étendre sur les litières de feuilles qui tapissent le sol des baraques.

– Tu ne comprends donc pas ? s'écrie Seghor. On nous donne à manger, à boire, un abri où dormir. Une illusion de liberté. Ce sont des chaînes pires que celles que nous avions aux pieds.

– Tu ne te révolteras pas, alors ?

– Non. Du moins, pas tout de suite. Pour se battre, il faut savoir contre quoi, contre qui. Ici, je ne le sais pas. J'aurais dû le faire là-bas, dans mon village, quand on m'a mis une corde autour du cou. Quitte à m'étrangler avec. J'aurais dû le faire, alors que j'étais encore un guerrier peuhl.

CHAPITRE IX

En début d'après-midi, une dizaine d'hommes, des Blancs et des Noirs, entrent dans l'enclos des captifs, armés de fouets. De nouveau, les mêmes ordres entendus mille fois et inscrits dans les mémoires :

– *Debout ! En rangs ! Marchez !*

Les fouets claquent, mais aucun coup ne porte. Intuitivement, Traoré comprend qu'il n'est toujours qu'un objet à vendre, mais un objet qu'on ne souhaite pas déprécier en l'abîmant. Ce qui suit le lui confirme.

Les captifs n'ont plus d'entraves ; cependant, comme au temps de la chaîne, ils s'ébranlent d'un même pas, les uns derrière les autres. Le trajet est court, jusqu'à une rivière. Son lit a été barré par une digue de pierres qui retient l'eau dans un large bassin. Traoré s'y rue comme les autres. L'eau est fraîche, presque froide, mais il éprouve un plaisir intense à sentir se dissoudre la carapace de crasse qui craquelait sa peau. Les hommes s'ébrouent dans des gerbes d'éclaboussures. Et soudain, au milieu du vacarme, éclate ce qu'on n'avait pas entendu depuis des jours et des jours : un rire, puissant, sonore, repris par des dizaines de gorges.

Dès qu'ils sont de retour dans l'enclos, les prisonniers sont assaillis par un groupe d'hommes noirs qui, armés de fines lames, coupent à ras les cheveux et les barbes qui ont démesurément crû depuis la capture et pendant le voyage.

Pour finir, on jette à chacun un vêtement de toile, dont beaucoup ne savent que faire. Il faut que les gardiens se livrent à une démonstration pour que tous enfilent un caleçon dont les jambes s'arrêtent au-dessus du genou et qui se noue à la taille par un lacet.

Seghor s'approche de Traoré. Tous deux s'observent longuement, peinant à se reconnaître. Seules les cicatrices encore fraîches de leurs poignets et de leurs chevilles rappellent ce qu'ils ont subi.

– Nous ne sommes plus des bêtes nues, mais de nouveau des hommes, commente Traoré.

– Tu crois ? Que faisais-tu, berger, avant d'aller vendre tes chevreaux au marché, en pays peuhl ?

– Je peignais et brossais leur toison. Je frottais

leurs cornes et leurs sabots avec de l'herbe verte, pour qu'ils brillent.

– Eh bien, voilà ! Là-bas, on nous a achetés dans l'état où nous étions. À présent on va nous vendre tels qu'ils désirent que nous soyons. Bien étrillés, pour que notre peau ne sente plus la terre d'où nous venons.

Seghor a vu juste. Dès le lendemain matin, un dais de toile est tendu, sous lequel sont alignés plusieurs sièges. En face, au centre de la cour, des travailleurs noirs déposent une petite estrade de planches. Celui qui les commande attire l'attention de Traoré. À Gorée, il a déjà vu ce type d'homme. Leur peau, leurs yeux et leurs cheveux ne font d'eux ni des Noirs ni des Blancs. Il a même appris leur nom : des Mulâtres. Le fruit de ce que les hommes blancs sèment dans le ventre des femmes noires, qu'elles le veuillent ou non. La pensée que Vanidia pourrait non seulement subir cela, mais l'accepter, lui ronge l'âme.

– Tu vois, dit Seghor, d'autres, beaucoup d'autres, ont été amenés ici avant nous, j'en suis sûr ; d'autres encore nous suivront. Pourquoi ont-ils tant besoin de nous ?

– Peut-être que les Blancs ne savent pas travailler. Peut-être n'y avait-il personne ici avant eux…

– Ça m'étonnerait. Les hommes sont partout,

comme les fourmis. Regarde-les, là à tes pieds, elles courent ici comme dans la savane.

Les ordres et les fouets claquent :

– *Debout ! En rangs, en rangs !*

Le troupeau humain obéit. Horrifié, Traoré se rend compte que tous, lui comme les autres, se sont alignés en quatre rangs, en respectant scrupuleusement l'ordre qu'ils occupaient dans les chaînes de l'entrepont.

Il est donc le premier à monter sur l'estrade. Devant lui, sous le dais, une vingtaine d'hommes blancs se sont assis. On voit mal leurs visages sous les larges chapeaux de paille ou de toile. Certains portent une arme au côté ; d'autres tiennent une cravache ou une canne à la main.

Deux hommes sont debout devant eux, et Traoré reconnaît l'homme au chapeau galonné d'argent, maître du bateau, et l'autre, celui qu'il a tenté de tuer parce qu'il lui volait Vanidia. Celui qu'elle appelle le sorcier blanc.

Bientôt commence une étrange cérémonie, à laquelle Traoré ne comprend rien, sinon qu'elle lui rappelle celle de la plage, là-bas, de l'autre côté de l'océan. Une nouvelle fois, on est en train de le vendre et de l'acheter, comme un simple animal.

Le maître du bateau crie quelque chose. Un silence… Alors, un des hommes en chapeau lève la main. Il la baisse car un autre a crié à son tour. Puis un autre. Encore un autre. Un silence… Un petit homme qui porte une barbiche blanche au menton se dresse et agite une clochette.

Traoré est descendu de l'estrade ; on le pousse à l'écart et l'homme à la barbiche lui passe autour du cou une cordelette. Le jeune homme va se révolter contre cette nouvelle entrave, quand, stupéfait, il constate qu'au bout de la corde n'est attachée qu'une planchette sur laquelle sont inscrits des signes à l'encre rouge.

Le soleil est déjà haut lorsque Traoré et une dizaine de ses compagnons s'engagent sur un chemin pierreux qui s'élève lentement sur le flanc de la montagne. Tous portent sur la poitrine la plaque de bois marquée des mêmes signes.

D'autres groupes, plus ou moins importants, ont été constitués et sont partis dans différentes directions. Dans l'un d'eux, Traoré a vu s'éloigner Seghor, l'ami que le malheur lui avait donné. De toutes ses forces, il a crié son nom. La lanière d'un fouet lui a cinglé le dos.

– *Paix, là !*

Au moment où, dans les derniers, il quittait l'enclos, il a vu approcher une file de femmes noires. Celles qui, de toute évidence, avaient partagé son voyage. Toutes avaient maintenant la partie inférieure du corps cachée par une pièce de toile nouée à la taille. Il s'est attardé pour tenter de voir Vanidia parmi elles. Elle n'y était pas. Un nouveau coup de fouet sur les épaules l'a contraint à presser le pas.

Le chemin n'en finit pas de monter pour atteindre un épaulement de la montagne. Malgré sa robuste constitution, Traoré peine. Certains de ses compagnons sont à la limite de l'épuisement. La nourriture insuffisante, les jours et les nuits d'immobilité sur leur lit de planches ont affaibli leurs membres. Leurs pieds saignent sur les pierres de la route.

Le jeune homme ne reconnaît aucun d'entre eux. Sans doute appartenaient-ils à une autre chaîne sur le bateau. Il a tenté de leur adresser la parole, mais ils ne sont ni peuhls ni toucouleurs. À moins qu'ils n'aient même plus le désir de parler.

Trois des individus qui encadrent les captifs sont des Noirs. Ils ne paraissent pas rebutés par la tâche qui leur a été confiée. Ils semblent plutôt insouciants et rient souvent. Ils utilisent un curieux langage qui, sans être celui des Blancs, lui ressemble beaucoup.

Le quatrième, l'homme au fouet, porte une barbe et des cheveux longs. Est-il blanc ou mulâtre : il est difficile d'en décider. Glissée dans son ceinturon, il a une courte arme qui crache le feu et la mort, la même que celle du maître du navire. À plusieurs reprises, il a donné un ordre pour faire presser le pas. « *Oui missié* », ont répondu les autres, en se contentant de dispenser quelques bourrades sans conviction pour lui obéir.

Le chemin va redescendre sur l'autre versant de l'épaulement. Traoré se retourne. Les bâtiments et les rues de la ville, les bateaux dans la rade lui apparaissent minuscules. Dans un large demi-cercle scintillant, la mer s'achève sur un horizon à peine ébréché par deux petites îles au sud. Au nord, la vue est arrêtée par les pentes vert sombre de la montagne, dont le sommet est toujours masqué par les nuages. La mer, la forêt, des espaces hostiles pour Traoré, l'homme né dans la savane. Des espaces qui l'emprisonnent plus sûrement que les murs des cachots.

À la tombée du soir, le lamentable troupeau et ses gardiens quittent le grand chemin pour s'engager dans une allée bordée de palmiers. Ils contournent un imposant logis à demi dissimulé derrière des plantes grimpantes aux fleurs pourpres.

Plus loin, légèrement en contrebas, ils parviennent à une sorte de village. De part et d'autre d'une rue en terre battue s'alignent plusieurs dizaines de cases en bois, toutes semblables. Devant celles-ci, évolue une population d'hommes, de femmes et d'enfants noirs. Sur des braseros, des chaudrons laissent échapper des parfums de nourriture chaude.

L'homme au fouet, en passant, pointe du doigt telle ou telle masure. L'un après l'autre, les nouveaux venus doivent s'y arrêter. Traoré se retrouve bientôt au milieu de ce qui lui semble être une famille. Une vieille femme lui tend une demi-calebasse emplie de bouillon.

– *Kyenbé sa, tiboug !*[1]

1. Tiens. Prends ça, mon petit !

Extrait du journal du chevalier de Kerven

13 août 1750

Dernière nuit à bord.

Cette interminable traversée s'est enfin achevée. Il était temps, car je ne savais plus comment venir à bout des maux d'entrailles dont souffrait un bon quart de l'équipage. Il semblerait que l'odeur fétide qui émanait du lard salé et l'étrange mousse qui se formait à la surface de l'eau des barils en aient été la cause.

Beaucoup de matelots saignaient de la bouche et leurs dents branlaient dans leurs gencives. Je n'avais pas l'expérience de cette chose. D'après le maître d'équipage, nous avions trop tardé sur la côte d'Afrique et consommé trop hâtivement nos réserves de fruits et de légumes frais. De toute manière, ils étaient vite devenus immangeables.

Nous avons ainsi perdu quatre matelots que nous avons jetés à la mer. Grâce à Dieu, un père capucin, embarqué à Gorée, a pu leur administrer l'extrême-onction avant qu'ils ne trépassent.

Nous avons perdu aussi un bon dixième des esclaves mâles embarqués. Il paraît que c'est un chiffre raisonnable. Les femmes ont mieux résisté. En revanche, les quelques enfants qui accompagnaient leurs mères ont tous péri. Ils n'étaient peut-être pas de constitution assez robuste pour supporter le voyage. Le bruit court cependant que les mères les laissent mourir de faim, tant leur destin leur paraît sans espoir. Elles ne veulent pas les entraîner dans leur propre misère. J'ai du mal à croire cela possible.

Mes fonctions de chirurgien m'ont donné le droit de partager la table du capitaine et des officiers. Le poulailler et le petit potager que nous faisions entretenir à bord nous ont permis de disposer chaque jour de viande et de légumes frais. La réserve de vins et de spiritueux nous a aidés à combattre efficacement les effets néfastes de l'eau croupissante.

18 août 1750

Nous avons vendu tous nos Nègres, et fort avantageusement. Les colons blancs ont terriblement besoin d'une main-d'œuvre supportant bien le travail sous le climat du tropique. Les Indiens caraïbes[1] *qui survivent encore sur l'île refusent obstinément les tâches agricoles. Ils préfèrent se jeter à la mer plutôt que de se laisser domestiquer.*

En récompense de mes services à bord, le capitaine a retiré Vanidia du lot des Négresses mises en vente. Je l'ai installée dans mon réduit derrière la cambuse. Je n'ai pas eu à la contraindre pour la soumettre à mes désirs, mais elle est tellement lointaine, indifférente, presque méprisante que je n'éprouve pas le bonheur que j'escomptais.

22 août 1750

La Duchesse Anne *va reprendre la mer, ses cales chargées de barils de rhum, de ballots d'épices et de sucre de canne. Son armateur breton attend cette cargaison pour en tirer le plus grand profit. Le capitaine s'est montré une nouvelle fois fort attentionné à mon égard. Hier, il devait se rendre dans une « habitation*[2] *» située à quatre lieues au nord de la ville de Basse-Terre.*

1. Population qui fréquentait les îles des Antilles avant l'arrivée des Européens.
2. Terme créole désignant l'ensemble d'une plantation.

Le maître appartient à une famille normande apparentée à la sienne.

Un homme nous attendait sur le quai : un Blanc, qui s'est présenté comme le géreur du domaine. Nous sommes partis à dos de mule. Vanidia suivait à pied avec les trois esclaves noirs chargés de nous accompagner.

Le sire Hennequin, le parent du capitaine, nous a reçus de manière fort cordiale. Lorsqu'il a su que j'avais été chirurgien sur la Duchesse Anne *et que je souhaitais m'établir dans l'île, il s'est écrié :*

– C'est Dieu qui vous envoie ! Nous avons ici quelques médecins, mais ils répugnent à s'occuper des esclaves. J'en perds beaucoup par manque des soins les plus élémentaires. Ces gens-là ont leurs propres pratiques, mais c'est plus de la sorcellerie qu'autre chose. Accepteriez-vous cette charge ? Contre rémunération, bien entendu.

– J'ai surtout des connaissances vétérinaires.

– C'est exactement ce qui convient.

– Dans ce cas, j'accepte.

Le capitaine s'est penché à l'oreille de son parent pour lui murmurer quelques mots. Ce dernier est parti d'un grand éclat de rire.

– Ah, ah ! Ces jeunes gens qui nous arrivent de France n'ont aucun discernement. Il faut dire

que certaines de nos Négresses… Soit ! Tant pis pour monsieur de Colbert et son Code noir. Ma fille a justement besoin d'une femme de chambre assez dégourdie. Nous verrons bien si votre protégée lui convient. Vous m'en faites cadeau, bien entendu.

Ainsi fut-il décidé du sort de Vanidia.

CHAPITRE X

La nuit est venue très vite, aussi vite qu'elle survenait là-bas, sur le grand fleuve Sénégal. Dans l'exiguïté de la case, on a disposé sur le sol des toiles matelassées d'herbe sèche qui étaient entassées contre une des parois. La vieille femme a montré à Traoré celle qui lui revenait. Le foyer, sous l'auvent, s'est éteint et aucune autre lumière n'a été allumée.

Ils sont plus de dix à dormir là. Un bébé pleure, des hommes ronflent déjà, une femme gémit.

Après ce qu'il a subi dans la geôle de Gorée et sur le navire, le nouvel esclave ressent un tel bien-être physique qu'il n'arrive pas à contraindre son esprit à une réflexion cohérente. Il a mangé à satiété, il a pu faire ses besoins dans un lieu à l'abri des regards. Ses poignets, ses chevilles, son cou sont libres d'entraves. Il n'a plus faim, il n'a plus soif, il n'a plus mal…

Il entend malgré tout la voix de Seghor qui répète :

– Le chacal crève de faim dans la savane s'il n'a pas

trouvé de proie. Le chien mange ce qu'on lui jette et accepte aussi les coups qu'on lui donne. Je ne veux pas être un chien ! Je voudrais mourir comme savent le faire les chacals.

La liberté ! Traoré se revoit poussant ses chèvres sur un sentier pierreux, s'arrêtant, ébloui par le corps de Vanidia luisant de l'eau de la source d'Aïn Kala. Il y a si peu de temps. Il y a des siècles ! Une dernière pensée : « Il ne faut pas que je me souvienne, il ne faut plus… » Vient enfin le sommeil miséricordieux.

Une cloche sonne quelque part. Elle a un son plus aigu que celle du navire, un son de cauchemar auquel Traoré ne parvient pas à échapper. Dormir, encore dormir…

La porte de la case s'ouvre à la volée sur un petit jour pluvieux.

– *Lévé-zot*[1] !

L'homme au fouet est là, campé sur ses jambes bottées de cuir. Traoré ne comprend pas ce qu'il crie, mais il reconnaît le langage que les Nègres de Guadeloupe emploient entre eux et, déjà, il sait qu'il lui faudra apprendre ce langage s'il ne veut pas demeurer sourd et muet parmi ceux qui l'entourent.

---

1. Debout !

Les braseros ont été rallumés et, serré contre les autres à l'abri de l'auvent, Traoré boit à grandes gorgées un bouillon de plantes aux saveurs inconnues. Cette fois, ce n'est pas la vieille femme qui le lui a donné, mais une jeune fille, presque encore une enfant. Elle a prononcé quelques mots dont il n'a pas saisi le sens. Il se dresse brusquement et, élevant la voix :

– Est-ce qu'il y a quelqu'un ici qui parle la langue peuhle ou la langue toucouleur ? Vous venez de là-bas, vous aussi !

Un silence… Puis un jeune garçon éclate de rire, imité bientôt par quelques adultes. D'autres, les plus âgés, baissent la tête et demeurent silencieux. Personne ne semble avoir compris. La vieille femme qui l'a accueilli à son arrivée s'approche et lui pose sa main sur la tête d'un geste apaisant.

– *Péla, tiboug. Péla. Ou pa sav.*[1]

La cloche retentit de nouveau. Sans qu'aucun commandement soit donné, hommes et femmes se constituent en groupes de cinq ou six individus. Ils le font de manière si mécanique qu'ils semblent privés de volonté propre. Seuls les vieillards et les jeunes enfants continuent à vaquer autour des cases.

---

1. Tais-toi, petit. Tais-toi. Tu ne sais pas.

Traoré et les autres nouveaux arrivés regardent la scène, ne sachant pas ce qu'on attend d'eux.

À cet instant, l'homme au fouet réapparaît. Du manche de son arme, il pousse chacun d'eux vers un groupe, puis il crie :

– *Au travail !*

Les esclaves se dispersent bientôt dans diverses directions, sans hâte mais avec cette résignation propre aux bêtes de somme ou de trait.

Cette morne obéissance épouvante Traoré. Dans son village, il se savait soumis à diverses autorités : celle de son père, celle du chef et de ses guerriers, celle des propriétaires des chèvres qu'il gardait. Il les respectait parce qu'elles lui apparaissaient légitimes. Son monde était ainsi fait et il l'acceptait.

Sur les pistes de la captivité, à Gorée ensuite, puis à bord du bateau, qu'aurait-il pu faire d'autre que se plier au pouvoir brutal des gardes, des soldats et des matelots, puisqu'ils avaient droit de vie et de mort sur lui. Pourtant, il avait encore la force de haïr ce pouvoir injuste et, au bout du désespoir, d'oser se rebeller.

Ici, il le sent bien, la violence est à tout moment possible, mais elle est légale : elle fait partie du droit du maître, un maître inconnu et lointain qui vous possède corps et âme. D'où lui vient ce pouvoir ?

Il n'est pas certain que quelqu'un le sache. Peut-être en a-t-il toujours été ainsi, parce que ce maître est un homme blanc et qu'il est inaccessible.

Dans les pas de ses nouveaux compagnons, Traoré devine déjà le poids d'une fatalité sans rémission. *Esclave, esclave !* Ce mot déjà entendu à plusieurs reprises va maintenant rythmer sa marche.

Le groupe s'arrête devant un bâtiment de pierres. Un homme noir, avec des gestes autoritaires, distribue à chacun un outil. Alors que tous les autres sont torse nu, lui, porte une courte casaque et il a des sandales aux pieds. L'air important qu'il prend pour accomplir sa tâche confirme dans l'esprit du nouvel esclave que, même dans la servitude, les hommes sont loin d'être égaux.

Traoré s'est vu confier une barre de fer, très pesante, aux extrémités pointues. À la manière dont les bergers peuhls portaient leur sagaie, il la pose sur ses épaules, derrière sa nuque, en la maintenant de ses deux mains levées. L'un de ses compagnons fait une réflexion qui provoque le rire des autres et qu'il répète à plusieurs reprises :

– *Sovaj ! Nèglafrik.*[1]

1. Sauvage ! Nègre d'Afrique.

À la lisière d'un champ couvert de plantes aux tiges plus hautes qu'un homme et aux étroites feuilles en fer de lance, on a commencé à creuser un fossé dans une terre rouge et dure. Sur plusieurs pas, celui-ci est interrompu par un affleurement rocheux. Une saignée d'un demi-pied y a déjà été tracée.

Les esclaves s'affairent à élargir et approfondir le canal. Celui qui semble être leur chef interpelle le jeune homme :

– *Travay !*[1]

Ne sachant que faire, Traoré demeure sans réaction, la barre de fer plantée dans le sol à ses pieds. L'autre saisit l'engin et, les jambes écartées de part et d'autre de la saignée, lève l'outil et le laisse retomber sur la roche. Celle-ci se brise en petits copeaux. Il tend la barre de fer à Traoré.

– *Travay !*

Alors, ce dernier comprend. À force de coups, mille et mille fois répétés, il va falloir faire éclater la pierre jusqu'à ce que l'entaille atteigne la dimension du fossé. Voilà donc ce que signifie le travail. Un labeur sans limites et sans signification.

Pendant toute la matinée, la barre de métal

1. Travaille !

s'abaisse, frappe la roche, remonte, retombe. L'entaille s'élargit imperceptiblement.

Lorsque le soleil est au zénith, deux femmes arrivent, portant à bout de bras une marmite d'où s'échappe encore un peu de vapeur. Les hommes s'asseyent ou s'accroupissent autour et y puisent à pleines mains. Ce qu'il y a là-dedans est indescriptible. Viande, légumes, poisson... Traoré a faim, mais il hésite. Un garçon plus jeune que lui plonge la main dans le pot. En retire un os encore fourni de viande et le lui tend.

– *Manjé !*[1]

Traoré hésite encore. Le contenu de cette marmite n'est pas pire que ce qu'on lui a donné sur le bateau ou à Gorée, et certainement plus nourrissant, mais, son os à la main, il est saisi de l'idée répugnante qu'il est en train de manger les restes d'autres festins.

La pause est de courte durée. Avant qu'elle ne s'achève, le jeune garçon va jusqu'au bord du champ. D'un coup de machette, il abat une des tiges, la tranche en petits tronçons qu'il pèle rapidement. Il en offre un à Traoré.

---

1. Mange !

– *Manjé : kann a sik.*[1]

Le jus sucré emplit la bouche, il est apaisant, consolateur. Il rappelle un peu le goût des dattes fraîchement cueillies. Le nouvel esclave le recrache immédiatement : confusément, il vient de comprendre que cette plante n'est pas un aliment, qu'elle représente une richesse pour les maîtres et qu'elle porte en elle la malédiction des hommes noirs.

Voilà maintenant des jours et des jours que, sa barre de fer à la main, Traoré besogne. Au début, les muscles de ses reins le faisaient tellement souffrir qu'au réveil, il se mouvait cassé en deux comme un vieillard. Ses mains saignaient d'ampoules éclatées.

Puis, peu à peu, la douleur s'est assoupie ; du cal s'est formé sur ses paumes, comme si le fer leur transmettait sa dureté. Coup après coup, la saignée dans la roche est devenue sillon, puis tranchée, qu'il fallait encore et toujours élargir, approfondir.

Oui, voilà ce que signifie le mot travail. Ce geste mécanique sans cesse répété, sans qu'on sache combien de temps il faudra le reproduire, et surtout pourquoi il faut le faire.

---

1. Mange : canne à sucre.

Conduire le troupeau sur la savane n'était pas de tout repos. On devait se lever tôt, couvrir de longues distances, parfois en courant lorsque l'impatience des chèvres l'exigeait. Se contenter de bien peu d'eau et de nourriture ; ne pas se laisser surprendre par le crépuscule. Éviter les pièges d'une nature où les hommes étaient, il le sait maintenant, les pires prédateurs. Pourtant, cela n'avait rien à voir avec cette tâche absurde.

Le jeune homme a bien sûr compris que ce canal, creusé au flanc de la montagne, verra un jour couler de l'eau, mais il ignore d'où elle viendra, où elle ira, à quoi elle servira.

Il est défendu de s'éloigner du chantier de plus de cent pas. Il est défendu de changer d'itinéraire pour s'y rendre, défendu de chanter en travaillant, de sortir des cases la nuit, d'esquisser un pas de danse ou de frapper sur un tambour. Défendu, défendu ! Ce mot est maintenant gravé dans la mémoire de Traoré.

Le chef d'équipe est un Noir que l'on nomme commandeur ; il est né en Guadeloupe. Ce n'est sans doute pas un mauvais homme ; mais, comme ses semblables possédant une parcelle d'autorité, il a peur à tout moment de voir apparaître l'homme au fouet qui lui-même tient son pouvoir du maître inconnu.

Jusqu'à maintenant, personne n'a demandé à Traoré s'il avait un nom.

CHAPITRE XI

Traoré n'a pas compté les jours écoulés depuis qu'il a commencé sa vie d'esclave. Pas plus qu'il ne les comptait sur sa terre lointaine. Pourtant, il a gardé l'habitude du demi-nomade qu'il était. Ce soir, avant que les portes des cases ne se referment, il cherche la lune dans le ciel obscurci. Elle est là, à la limite des frondaisons, dans sa plénitude. Comme elle l'était lors de sa dernière nuit sur le bateau. Dans le cours de sa jeune vie, une lune écoulée n'était rien, et voilà que celle-ci semble lui avoir dévoré une vie entière.

Le souper s'attarde. La nuit tombe et personne ne regagne les cases. La rue est prise d'une étrange fièvre. Les chandelles restent allumées. On va on vient, hommes, femmes et enfants mêlés. On parle haut et des rires sonores se font entendre un peu partout. Entre deux cases, trois hommes se sont accroupis et tambourinent en cadence sur le fond d'ustensiles de cuisine ; quelques autres esquissent des déhanchements en frappant dans leurs mains. Il est visible qu'on brave là un interdit : mais il ne s'agit que d'un triste simulacre de musiques et de danses presque oubliées.

Un des hommes qui travaillent sur le même chantier que Traoré passe près de lui en le bousculant amicalement. Il répète ce qui se dit tout alentour :

– *Véyé ! Sé véyé oswè-la.*[1]

Il lui tend un gobelet plein.

– *Mi ! Bwè sa, jodila sé la véyé ; mi tibwen wonm.*[2]

Traoré boit et recrache aussitôt. Le liquide lui a brûlé la bouche, pourtant il a le goût tentateur des morceaux de canne mâchés au bord du champ. Son compagnon éclate de rire et s'éloigne aussitôt, le laissant désemparé au milieu de l'animation générale. Une voix le fait sursauter :

– Ce soir, c'est encore un peu notre terre d'avant qui parle, mon fils. Le maître est loin. Il sait, mais il ne veut pas voir.

La langue peuhle est hésitante, comme enrouée, ensablée de poussière. Traoré se retourne : un petit

1. Veillée ! C'est la veillée ce soir.

2. Tiens ! Bois ça, c'est la veillée aujourd'hui ; tiens, un peu de rhum.

vieillard à la barbe et aux cheveux blancs l'examine avec curiosité.

– J'étais plus jeune que toi quand on m'a amené ici avec ma mère. Je croyais avoir oublié. Quand, l'autre jour, je t'ai entendu, c'est revenu dans ma tête. C'est défendu bien sûr. Pourtant ce soir...

– C'est « la veillée » ?

– Oui. À la pleine lune, on laisse les Nègres redevenir des hommes, ou des bêtes, je ne sais pas trop.

– Grand-père, je vous en supplie, dites-moi : pourquoi est-ce que je suis ici ? Pourquoi ?

– Parce que tu es un homme noir. Et que les Noirs ont été faits pour servir les Blancs. Tant qu'ils ne sont pas venus nous chercher, nous ne le savions pas, mais ici c'est la vraie vérité. Dieu le veut ainsi pour le salut de notre âme.

– Dieu ! Quel dieu ?

Le bonhomme regarde son interlocuteur d'un œil suspicieux.

– Dis-moi, là-bas d'où tu viens, il y avait bien un dieu ?

– Oui. Enfin, il y en avait beaucoup. Des esprits : des bons et des méchants. Ceux qui faisaient pousser le mil et rendaient les brebis fertiles, ceux qui commandaient aux sauterelles et aux maladies.

Le vieillard se frotte longuement le crâne.

– Écoute-moi, petit. Demain matin, la fête sera finie, et le Père va venir.

– Le père ?

– Oui, l'homme de dieu. Du dieu des Blancs. Il n'y a que le Père qui sache parler à son dieu pour qu'il nous pardonne.

– Qu'il nous pardonne quoi ?

– Tu verras… En tout cas, quand le moment sera venu, quand tu ne seras plus un sauvage, ne parle pas de tes « esprits ». Dis simplement que tu veux devenir un bon chrétien.

– Un chrétien ?

– Oui. Ils te donneront un nom de chrétien. Moi, ils m'ont appelé Joseph. Il paraît que c'était le père de…

Le vieillard s'interrompt. Une femme vient de s'approcher. Traoré l'a déjà remarquée au village où elle semble avoir beaucoup d'autorité. Tout à l'heure, elle était de celles qui osaient danser au son des faux tambours. Elle a retiré le foulard qui, ici, couvre la tête des femmes. Elle a rejeté sur ses hanches le haut de sa robe. Ses épaules et sa poitrine nues luisent de sueur. Elle a soudain retrouvé le maintien fier, parfois provocateur des femmes de la savane.

Traoré se sent attiré vers elle. Cependant, lorsqu'elle lui effleure le visage du dos de sa main, il a un mouvement de recul. En riant, elle l'interpelle dans l'obscure langue des esclaves, avant de s'en aller.

– Qu'est-ce qu'elle a dit ? s'inquiète Traoré.

Le vieux glousse dans sa barbe avant de traduire en peuhl :

– Elle a dit que tu ne dois pas connaître grand-chose aux femmes mais qu'elle, elle n'a pas peur des sauvages, même s'ils ont l'habitude de se manger entre eux.

– Tu veux dire…

– Je veux dire qu'elle te trouve à son goût. Tu as bien de la chance. Cette nuit, les portes des cases seront ouvertes, et l'herbe est fraîche sous les manguiers. Moi, je vais dormir. Demain, le diable noir recommencera à dévorer la lune. La fête sera finie.

La matinée du lendemain s'avance. Les travailleurs sont regroupés sur une place de terre battue qui se craquelle déjà sous les rayons du soleil. Derrière eux, une haute tour ronde, crucifiée de quatre ailes blanches, immobilisées pour l'instant ; un imposant bâtiment de pierre couvert de tuiles rouges, à l'extrémité duquel une fine cheminée laisse encore échapper quelques volutes de fumée. Traoré ne s'en est jamais approché ; il en connaît pourtant les noms : le moulin, la sucrerie. Le cœur de la plantation, qui la fait vivre, qui rythme son existence. Devant, à la lisière des buissons fleuris qui masquent la mystérieuse habitation, un dais de toile abrite une table couverte d'un drap blanc. En retrait, quelques sièges vides.

À proximité, une vingtaine d'hommes et de femmes noirs sont rassemblés. Ils sont habillés presque comme les Blancs, cependant les hommes tiennent leur chapeau à la main.

Le vieux Peuhl s'est glissé au côté de Traoré.

– Ce sont les « Nègres à Talent », explique-t-il. Tout aussi esclaves que toi et moi, mais ils savent faire des choses : cuisiner, laver le linge, s'occuper des chevaux… Et ils mangent mieux que nous. Le maître les aime bien. Parce qu'ils sont difficiles à remplacer et qu'ils coûtent cher.

Traoré n'écoute pas vraiment. Sa pensée est ailleurs. Cette nuit, ne pouvant pas dormir dans la case où les allées et venues ne cessaient pas, il est sorti dans la rue. La femme aux cheveux dénoués et à la poitrine nue était là. Elle l'a entraîné à la limite du village. Le vieux avait raison : l'herbe est fraîche et douce sous les manguiers.

Lorsque à la fin de la nuit, il est revenu à sa case, il s'est effondré sur son grabat, dans un sommeil de bête repue. Mais maintenant, alors qu'il est debout sous le soleil, attendant il ne sait quoi, c'est la voix de Vanidia qui se glisse dans sa mémoire comme un chant désespéré : « C'est toi que mon cœur aime... »

Il est tiré de sa rêverie par un spectacle étrange. Venant de l'habitation, un groupe de personnes s'avance vers le dais. Ce sont des Blancs et, parmi eux, dans de longues robes claires, des femmes : des femmes blanches que Traoré voit pour la première fois. En tête, revêtu de ce qui ressemble fort aux vastes vêtements des chefs africains, un homme marche, les mains jointes, encadré de deux jeunes garçons noirs habillés de rouge.

– C'est le Père, murmure le vieil homme à l'oreille de Traoré.

Dans le ton de sa voix, on reconnaît les nuances de respect et de crainte qu'on avait pour parler des sorciers et des griots près du fleuve Sénégal.

Arrivé devant la table, le père entonne une curieuse mélopée, à demi parlée, à demi chantée, dans un langage que Traoré n'a jamais entendu jusqu'alors. Ensuite, le garçon ne comprend plus rien à la cérémonie. Le père s'active derrière la table ; les petits hommes en rouge frappent dans leurs mains et, pour imiter ses compagnons, Traoré s'agenouille, se relève, s'agenouille de nouveau. Les Blancs, eux, demeurent assis. À maintes et maintes reprises, toute l'assistance dessine ce signe que le jeune homme a vu faire aux matelots du navire. Leur main droite touche successivement leur front, leur poitrine et leurs deux épaules.

Ensuite, contournant la table, le père fait face aux esclaves. Cette fois, il parle leur langage. Il a l'air fort courroucé et, régulièrement, son doigt montre le ciel puis se tend, accusateur, vers le troupeau assemblé.

De temps en temps, il se tourne vers les Blancs, immobiles sur leurs sièges. Sa voix est toujours aussi forte, mais beaucoup moins autoritaire ; plus paternelle.

Tout s'achève enfin. Le père et les Blancs repartent vers la grande case. Le troupeau noir se disperse. Traoré rattrape le vieux Peuhl qui boitille vers le village.

– Qu'est-ce que ça signifie ? S'il vous plaît, expliquez-moi.

– C'était « la messe » mon fils, comme à toutes les lunes.

– Et qu'est-ce qu'il a dit ?

– Bah ! Comme d'habitude. Nous ne sommes que des bêtes. La preuve, nous avons chanté, dansé, bu et forniqué toute la nuit. Pas vrai, petit berger ? Mais Dieu nous pardonnera si nous sommes bien soumis à notre maître, si nous travaillons bien.

– Je vous l'ai déjà demandé : qu'il nous pardonne quoi ?

– D'être des Nègres, petit. D'être des Nègres, voilà tout.

CHAPITRE XII

À force de coups répétés, Traoré est venu à bout du rocher. Mais après celui-là, il y en a eu un deuxième, puis un troisième. Ensuite, il a fallu construire une sorte de pont sur une ravine pour que l'eau du canal puisse poursuivre sa course. C'est le travail d'ouvriers expérimentés qui savent appareiller les pierres et les unir au mortier.

Le nouvel esclave et l'un de ses compagnons ont été affectés au transport des blocs depuis la carrière jusqu'au chantier.

La carrière ! Un lieu d'enfer où d'autres malheureux entaillent, découpent la montagne pour lui arracher sa matière. La plupart se déplacent en boitant. L'un de leurs mollets fait une curieuse boule sous leur genou.

– Des « marrons[1] », a expliqué Joseph. Ils ont essayé de s'enfuir et, bien sûr, on les a repris. On

1. Mot venant de l'espagnol *cimaron* qui signifie fugitif.

leur a coupé le tendon du talon. Maintenant, ils ne peuvent plus aller bien loin.

Le soir venu, Traoré s'écroule à même le sol contre la paroi de la case, les épaules tétanisées, les bras distendus par le poids du brancard sur lequel il transporte les pierres. Ceux avec lesquels il vit ne le rejettent pas, mais il sent qu'il n'est toujours pas des leurs. Il a du mal à les comprendre et à se faire comprendre d'eux. Il n'assimile qu'à regret le langage créole car il sent confusément que, le jour où il le parlera, il sera définitivement devenu esclave.

Les soirs de veillée, la grande Négresse, après avoir dansé et chanté, vient le chercher pour l'entraîner sous les manguiers. Elle est impérieuse, brutale presque, et il se sent dominé ; une autre manière d'être asservi. Et pourtant, elle l'attire comme une flamme attire un insecte.

Des cauchemars hantent ses nuits. Il voudrait rejoindre, là-bas, la silhouette de Vanidia, il voudrait courir vers la source d'Aïn Kala, il voudrait… Mais ses membres sont lourds, inertes, chargés d'un poids énorme. Il étouffe sous la pression des corps entassés contre le sien. Le sol se dérobe sous lui. Il n'est pas mort, il le sait, mais on va le jeter aux requins. Il se débat, il hurle. Des secousses le réveillent.

– *Pèla, nèg'l'Afrique !*[1]

Nèg'l'Afrique ! Dans la bouche des esclaves créoles, nés dans l'île, le terme n'est pas flatteur. Comme s'ils avaient oublié que leurs parents ou leurs grands-parents venaient, eux aussi, de là-bas. Partout, même dans la pire misère, il y a toujours une possibilité de mépriser plus misérable que soi.

Traoré s'en est plaint à Joseph, un soir.

– C'est parce que je suis « nègre d'Afrique » qu'on ne me trouve bon qu'à porter des pierres. Je ne suis pas digne de travailler aux champs ou à la sucrerie.

– Tu parles sans savoir, mon fils. Il n'y a pas meilleur ou pire travail. Tu ne sais pas ce que c'est que couper la canne. Les feuilles tranchent comme des lames. Elle est infestée de vermine qui nous dévore le sang. On met le feu au champ pour brûler les mauvaises herbes et les coupeurs se rôtissent les pieds sur les cendres encore chaudes.

– Mais la sucrerie ?

– Tu n'as pas bien regardé autour de toi. Les mains et les bras broyés par les meules, les poitrines et les ventres brûlés par la mélasse bouillante. Et les visages cuits et recuits devant les fours à griller

1. Tais-toi, nègre d'Afrique !

le café. Tu n'es pas plus malheureux que les autres, petit.

La résignation de Joseph désespère le jeune homme. Il voudrait pouvoir expliquer que, lui, il ne parviendra jamais à se soumettre, qu'il ne saura pas accepter une vie qui ne lui appartient plus. Il est obsédé par une pensée aussi lancinante que la douleur de ses bras et de ses reins. S'échapper, s'enfuir, courir droit devant lui. Vers où ? Vers quoi ? Il n'en sait rien, mais courir jusqu'à en mourir. Pourtant, au fil des jours, il s'aperçoit que l'accoutumance à ce qui l'entoure aussi bien que la peur de l'inconnu sont les pires des entraves.

Les jours se succèdent, tous semblables comme les maillons d'une chaîne, tous parfaitement identiques. Pourtant, un matin, survient un événement inattendu.

À la carrière, un énorme bloc de lave a été soigneusement évidé pour constituer un long bassin sans doute destiné à retenir l'eau d'une source. Pour le transporter, il a fallu construire un brancard spécial. Six hommes suffisent à peine pour soulever la charge. Traoré est désigné pour être l'un d'entre eux. Un commandeur dirige la manœuvre.

Le transport est une terrible épreuve sur le chemin

qui descend jusqu'à l'habitation. La pente et le mauvais état de la chaussée menacent constamment l'équilibre des porteurs. À de nombreuses reprises, lorsque l'un d'eux faiblit, ils sont contraints de déposer leur fardeau au sol.

– *Kyenbé ! Kyenbé rèd !*[1] crie le commandeur.

Traoré comprend maintenant que cet homme, s'il ne souffre pas comme lui dans ses os et dans ses muscles, est terrorisé à l'idée, s'il survient un contretemps, qu'on lui retire la pauvre parcelle d'autorité qu'on lui a accordée.

Jamais Traoré n'a encore approché la grande maison du maître. Il est impressionné par ses dimensions et par les fenêtres de l'étage supérieur ouvrant sur le toit de la véranda qui encercle le bâtiment.

C'est au pied de cette véranda, non loin de l'escalier par lequel on y accède, qu'on dépose l'auge de pierre. Traoré relève la tête. À quelques pas de lui, derrière la balustrade, quatre hommes blancs sont assis dans des sièges en rotin autour d'une table basse encombrée de gobelets et de carafons. Ils parlent entre eux et n'ont pas un regard pour les pauvres bougres qu'ils dominent.

1. Tenez ! Tenez bon.

Déjà le commandeur, après avoir retiré son chapeau pour saluer, rassemble son équipe et commence à s'éloigner. Traoré, lui, reste figé sur place, les yeux fixés sur l'un des Blancs, qui à son tour le regarde. Aucun doute possible, cet homme est bien celui que Vanidia appelait le sorcier, celui qu'il a tenté d'étrangler sur le bateau.

La même fureur envahit son esprit, mais une force étrange le retient. Est-ce que les mois d'esclavage qu'il vient de vivre ont déjà brisé la force brute de la bête enchaînée qu'il était alors ?

La scène ne dure qu'un instant. Le plus âgé des hommes blancs, le seul qui ait gardé son chapeau sur sa tête, frappe la balustrade de sa cravache en criant :

– *Ka ou ka fé icit ? Foucan !*[1]

Effrayé, le commandeur fait demi-tour, saisit Traoré par le bras et l'entraîne à sa suite.

La nuit a été interminable, entrecoupée d'insomnies et d'assoupissements de fatigue, de réveils en sursaut. Jusqu'à ce qu'une évidence s'impose à l'esprit de Traoré. Le sorcier blanc est ici en visite. Il va repartir, demain ou plus tard. Là où il va

1. Qu'est-ce que tu fais ici ? Va-t'en !

se trouve aussi Vanidia. C'est certain. Il suffira donc de le suivre...

Alors que le premier merle n'a pas encore chanté, dans l'obscurité, Traoré se lève, entrouvre la porte de la case et se glisse dehors. Jusque-là, il n'est pas en faute, car pendant la nuit, il faut bien satisfaire certains besoins. Puis il affronte l'interdit : dans le petit jour, il s'éloigne de ce que leurs habitants appellent les « cases nègres », s'en va en se dissimulant derrière les haies pour atteindre le bord de l'allée qui accède à la plantation. Il se tapit derrière un buisson et attend.

Il sait ce que sa fuite peut lui coûter. Joseph le lui a expliqué. Son commandeur va signaler son absence à l'homme au fouet. Celui-ci va prévenir les hommes, Blancs ou Mulâtres, Nègres aussi, dont c'est le métier de pourchasser les esclaves fugitifs. Ils ont des chiens dressés pour retrouver leurs traces. Et lorsqu'on le reprendra...

Combien de temps durera son attente ? Le sorcier blanc peut s'attarder à la plantation. Mais Traoré se sait capable de demeurer là des heures et des heures, des jours durant. La soif, la faim, la peur, voilà des lunes qu'il les a pour compagnes. Lui revient en mémoire une des incantations qui, sur la terre peuhle, inspiraient la miséricorde aux esprits. Il la chantonne inlassablement…

Dès le matin suivant, les esprits exaucent sa prière. Sur l'allée s'avance une petite troupe. Deux hommes blancs, dont le sorcier, montés sur des chevaux et quatre Nègres qui les accompagnent à pied.

Dominant son émotion et se dissimulant de son mieux, Traoré s'engage à leur suite. Il est partagé entre la crainte de les perdre de vue et celle d'être découvert. Bientôt, il lui devient impossible de se cacher. Le chemin domine maintenant les hauts quartiers de la ville où le bateau l'a débarqué. La voie s'encombre de plus en plus de gens allant et venant. D'un instant à l'autre, quelqu'un va remarquer cet homme qui se faufile entre les arbres et les buissons. Il lui faut se fondre parmi cette foule ; qu'une tâche quelconque justifie sa présence ! Surtout, ne pas avoir l'air désœuvré !

Au revers du talus, ont été alignées des hottes de bambou tressé emplies de charbon de bois. Elles sont là, en attente de porteurs. Traoré charge une des hottes sur son dos. Qui peut être plus insignifiant, plus servile, plus misérable que cet homme creusant les reins sous le poids de son fardeau ? La hotte lui écorche l'échine, et la sueur en diluant le charbon coule en multiples traînées le long de ses hanches et de ses cuisses.

– *Ki jen a-w boug an mwen ?*[1] s'exclament ceux qui le croisent.

Un des hommes de l'escorte des Blancs se retourne et lui fait un signe d'encouragement de la main. Voilà donc ce que c'est qu'être esclave : besogner, peiner, souffrir, et tout est dans l'ordre. Personne n'y voit rien à redire.

On est au plus haut du soleil. L'ombre est rare. Écrasé par sa charge, Traoré va renoncer à son stratagème, lorsque la petite troupe quitte le chemin et s'engage dans une allée bordée d'arbres majestueux. Le jeune homme devine qu'on est enfin à destination. Il s'écarte de l'allée et se débarrasse de la hotte. Il n'a qu'une idée : ne pas perdre de vue celui qu'il poursuit.

Par bonheur, à cette heure, l'habitation somnole et personne, ni maître ni serviteurs, ne se risque hors des bâtiments. Ceux qui travaillent sont ailleurs. À la sucrerie, au moulin ou dans les champs.

Le sorcier blanc descend de cheval et se sépare des autres pour se diriger vers une maisonnette de bois,

---

1. Comment ça va, mon vieux ?

à quelque distance de l'habitation principale. Traoré se dissimule derrière une haie d'agaves qui le cache à la vue mais qui ne le protège pas du soleil. Et de nouveau, il attend.

Extrait du journal du chevalier de Kerven

1er janvier 1751

Voilà des mois que je n'ai pas ouvert ce journal. Ma nouvelle existence m'a à ce point occupé le corps et l'esprit que j'avais davantage le désir de la vivre au jour le jour que de la confier à ces pages. Si je le fais maintenant, alors que cette nouvelle année s'entame, c'est afin de mettre de l'ordre dans ma pensée. Il me semble en effet qu'une foule d'idées contradictoires s'y bouscule.

Mon avenir matériel, qui me souciait fort lorsque j'ai débarqué, me paraît à présent assuré. Le sire Hennequin semble me tenir en grande estime. Mes fonctions de chirurgien auprès de ses nombreux esclaves me valent des émoluments satisfaisants et me mettent sur le même pied que le père Lamatte, un jésuite qui a la charge des âmes, comme moi j'ai celle des corps. Je ne sais pas s'il est content des résultats qu'il obtient pour amener à Dieu ces consciences en friche. Pour ma part, en dépit de mes pitoyables connaissances médicales, j'ai vite constaté que la mauvaise santé des esclaves n'est pas due à une faible constitution, car ils sont de nature certainement plus résistante que beaucoup de Blancs. En revanche, ils sont manifestement mal nourris, subissent un travail harassant et trop souvent de mauvais traitements.

Je n'ai pas assisté à de tels agissements, cependant j'ai dû soigner une esclave qui avait la peau du dos et des reins entaillée à coups de chat à neuf queues[1]*. J'ai vu des oreilles coupées et d'horribles brûlures au fer rouge. Je n'ai pas pu sauver de la gangrène un homme à qui on avait tranché le jarret parce qu'il était parti en marronnage.*

Je m'en suis inquiété auprès de monsieur Hennequin.

– C'est sans doute regrettable, mon ami, m'a-t-il répondu. Un esclave estropié est une lourde perte. Toutefois, réfléchissez bien : sur cette habitation, nous sommes dix Blancs, sept Nègres ou Mulâtres affranchis. À ce jour, je possède cent vingt-cinq esclaves. Dans cette disproportion, il ne faut pas que mon autorité se relâche un seul instant. C'est la triste nécessité de notre état.

Il est vrai que je ferais mieux de me préoccuper

1. Fouet à neuf lanières munies de plombs.

de mon état. Je ne suis que ce qu'on appelle ici un Petit Blanc. Je pourrais m'en satisfaire puisque j'ai suffisamment de loisirs pour herboriser des journées entières sur les pentes du volcan de la Soufrière. Je m'y aventure de plus en plus haut, malgré les réticences du Nègre qui m'accompagne. Plus je monte, plus je suis étonné par la ténacité, le courage de cette végétation qui s'accroche au flanc du titan à peine endormi. Ma lande de Bretagne me paraît si lointaine, si sage. Les genêts, les ajoncs s'enracinaient au sol d'Armorique. Ils se défendaient contre l'homme. Ici, les racines et les lianes ont une agressivité, une malice de serpents.

J'en reviens à mon état, c'est-à-dire à mon avenir. Mes prétendus talents médicaux, ma jeunesse, ma noble extraction, aussi humble soit-elle, et l'amitié du sire Hennequin qui n'a point de fils, m'autorisent à être de toutes les festivités qui se succèdent au domaine ou dans d'autres habitations. J'y suis non seulement accepté mais, semble-t-il, bienvenu. Cette société est avide de sang neuf, pourvu qu'il soit blanc et de qualité.

Monsieur Hennequin, à plusieurs reprises, m'a laissé entendre que certaines héritières, célibataires ou veuves, manquaient terriblement d'une présence masculine pour prendre en charge leur domaine aussi bien que leur personne.

– Vous savez bien ce qu'il en est, m'a-t-il confié. Ici, tout autant qu'en Bretagne, il s'agit d'opportunité foncière, pas forcément d'attirance, comment dire… sentimentale. Une veuve, c'est une terre en friche.

Il faut donc que j'en vienne à ce qui me préoccupe constamment. Je suis, à n'en pas douter, amoureux de Vanidia. C'est-à-dire que je ne peux plus imaginer ma vie sans elle. Elle m'est nécessaire comme l'eau que je bois, comme l'air que je respire. Cela va contre toute raison. Je le sais. Je ne suis pas loin de croire aux histoires d'envoûtement qui se murmurent parfois autour d'un dernier punch. Monsieur Hennequin, lui encore, a essayé de me faire la leçon :

– Mon ami. Cette femme est à votre disposition. Cela se fait ici et personne n'y trouvera à redire. Il se peut même que vous lui soyez vraiment attaché. Que cela reste dans votre intimité. Il ne faut pas que vous oubliiez les convenances ; cela pourrait nuire à votre position dans cette colonie. Soyez raisonnable.

La raison, le bon sens, mes intérêts… Tout ce qui devrait m'inciter à être satisfait de mon sort. Quelle malédiction m'empêche donc d'être heureux ?

CHAPITRE XIII

L'après-midi peine à s'écouler. Le soleil semble immobilisé à son zénith. Derrière Traoré, la silhouette décharnée du volcan se découpe sur le bleu du ciel. Le volcan ! Une puissance soumise à aucun dieu et qui, selon Joseph, attend son heure pour punir les hommes blancs, quitte à tuer tous les Nègres avec eux. Jusqu'à maintenant, il semble dormir. Sans doute, ceux qu'on appelle les sauvages caraïbes connaissent la colère de la montagne. Depuis des temps très anciens, disait Joseph, ils venaient de la mer pour faire escale sur l'île ; bien avant l'arrivée des Blancs et de leurs esclaves. On en rencontre encore parfois sur les plages.

Accroupi sur ses talons, les coudes sur ses genoux et le menton dans ses mains, le jeune Peuhl a retrouvé la patience inépuisable des bergers, la patience qui toujours vient à bout du temps.

À part le passage à plusieurs reprises d'un chien jaune et efflanqué ou la ronde d'un couple de tourterelles, rien ne survient jusqu'à l'arrivée du soir. Aussi immobile qu'une souche, Traoré ne renonce pas. Il sait que Vanidia va sortir de la maison ou qu'elle va y venir.

C'est sans étonnement qu'il la voit s'avancer sur le sentier. Elle porte une longue robe blanche dont l'ourlet frôle le sol. Ses hanches sont prises dans un châle du même tissu que le foulard qui tient ses cheveux. Un instant, le jeune homme hésite. La femme qui approche n'est plus celle de la source d'Aïn Kala, ni celle qui peinait, entravée, sur les pistes de la captivité. Tout comme lui, elle est entrée dans un autre monde, le monde des esclaves ; mais la place qu'elle y a trouvée n'a rien de commun avec son propre sort.

Le désir qu'il avait de la revoir cède la place à un insupportable sentiment d'injustice qui le fait se dresser comme un diable.

– Vanidia !

Ce n'est pas un appel ; c'est un cri de rage et de douleur. Elle bondit de côté ; elle va fuir vers la maison.

– Vanidia !

Le cri est devenu une supplication. Elle se retourne et le regarde, incrédule, clouée sur place de surprise. Lui n'ose pas s'avancer. Là-bas, dans l'ombre de la véranda, un volet s'ouvre avec fracas. Alors, au risque de se blesser aux pointes des agaves, Vanidia se précipite vers Traoré, le saisit par le bras et l'entraîne en courant. Ils atteignent un petit hangar d'où quelques poulets s'échappent en piaillant.

Essoufflés, ils demeurent face à face.

Elle encore sous le coup de l'émotion ; lui, intimidé par cette femme qui, en dépit de la couleur de sa peau et du souvenir qu'il a d'elle, lui paraît aussi lointaine, aussi inaccessible que les dames créoles aperçues à l'habitation.

– Pourquoi as-tu fait cela ? finit-elle par demander. Tu ne sais donc pas le sort qu'ils réservent aux esclaves qui quittent leur plantation ? Même si tu retournes là-bas de ton plein gré, tu seras battu.

Elle a retrouvé le sabir où se mêlent les langues peuhle et toucouleur, mais cela semble lui coûter un effort, comme si elle commençait déjà à l'oublier.

– Je ne peux pas vivre sans te voir ! s'exclame Traoré. Je vais travailler ici.

– Tu es complètement fou. C'est impossible.

– Pourquoi ?

– Tu appartiens à ton maître. Il ne te vendra pas et le mien ne voudra pas t'acheter. Surtout après ce que tu viens de faire.

– Alors, je vais m'enfuir dans la montagne, et je vais t'emmener avec moi.

– Ça aussi, tu sais bien que c'est impossible. Ceux qui le font sont toujours repris. S'ils ne sont pas tués, ils sont torturés, mutilés.

La colère saisit de nouveau Traoré. Il prend son amie par les épaules et la secoue brutalement.

– Au moins, nous serons ensemble et libres, tu entends, libres ! Même si ce n'est que pour quelques jours, pour quelques nuits. Tu m'as dit sur le bateau que c'était moi que ton cœur aimait.

La jeune femme pose ses deux paumes à plat sur la poitrine de Traoré. Un geste de tendresse qui malgré tout le tient à l'écart.

– C'était vrai ; c'est toujours vrai. Je ne peux pas t'oublier, mais je ne peux pas te suivre.

– Tu as peur ?

– Oui, mais ce n'est pas la raison.

Elle fait un pas en arrière, comme pour déjà s'éloigner de lui.

– J'attends un enfant. Lui, je ne veux pas qu'il meure. Il sera un homme libre.

– C'est l'enfant du sorcier blanc ?

– Oui. Il m'a promis de lui donner son nom : de Kerven.

Traoré courbe la nuque, vaincu.

– Seghor avait raison. Ils n'ont pas pris que nos corps, ils ont aussi pris nos âmes. Je vais…

Un hurlement l'interrompt.

– *Ka zot ka fè isidan ?*[1]

Le personnage qui s'encadre dans l'entrée est un géant. Bottes et chapeau de cuir, pistolet à la ceinture et fouet à la main. Sur ses talons, un énorme dogue. Traoré sait maintenant que ces hommes-là ne sont pas les maîtres, mais qu'ils sont d'autant plus redoutables que ces derniers leur ont donné tout pouvoir sur leurs esclaves.

La scène se déroule alors en un éclair. Vanidia se précipite sur l'homme. Elle s'agrippe au bras armé du fouet, en criant :

– Sauve-toi, Traoré, sauve-toi. Il a le droit de te tuer.

À son tour, le garçon bondit et se lance dans une course affolée vers les premiers buissons. Il va les atteindre lorsqu'un poids énorme s'abat sur son dos et l'écrase au sol. Des crocs aigus se referment sur sa nuque. Le chien ne mord pas vraiment ; il se contente de maintenir sa victime en attendant son maître. Un sanglot dans la gorge, le fugitif renonce à toute résistance.

1. Qu'est-ce que vous faites là-dedans ?

Traoré n'a qu'un souvenir confus du trajet qui l'a ramené sur sa plantation, si ce n'est, de nouveau, le cercle de fer qui serrait son cou et la chaîne le liant à la mule qui l'entraînait. À plusieurs reprises, il est tombé et a été traîné sur le chemin sans qu'on ralentisse l'allure pour l'aider à se remettre sur pied.

Ce qu'il subit à présent est mille fois pire. Comment des hommes peuvent-ils être assez cruels pour imaginer de tels supplices ? On a glissé un bâton entre la saignée de ses genoux et celle de ses coudes repliés. On a lié ses poignets devant ses chevilles et resserré l'entrave jusqu'à ce que son corps ne soit plus qu'une boule de chair. Toute la journée, il a été abandonné en plein soleil dans la poussière.

Il ne peut même pas crier, car un bâillon a été glissé entre ses dents. Le tissu imbibé de piment lui brûle la bouche et la gorge. Il bave comme un chien enragé.

De temps en temps, le géreur passe pour vérifier s'il est toujours en vie. Parfois, à coups de pied, il le fait rouler sur le sol.

– *Modi nèg-mawon, va !*[1]

À la tombée du soir, Traoré, recroquevillé sur le côté et dans une demi-inconscience, distingue,

1. Maudit Nègre marron, va !

une fois encore, le bruit des pas du géreur derrière lui. Il s'attend à de nouveaux coups, mais c'est une atroce brûlure qui lui transperce l'épaule gauche. Il sait que c'est ainsi qu'on marque au fer rouge ceux qui s'échappent pour la première fois. S'il récidive, on lui coupera les oreilles pour terroriser les autres. Il voudrait crier :

– Arrêtez ! Tuez-moi, tuez-moi !

La nuit vient enfin. L'homme qui est son commandeur s'accroupit devant le supplicié, un couteau à la main. Son regard n'exprime rien, sinon cette morne indifférence aux besognes quotidiennes. Précautionneusement, il coupe le bâillon de toile. La gorgée d'air que Traoré absorbe lui déchire la gorge, mais c'est la vie qu'il aspire avec elle. Le couteau tranche l'entrave des poignets. Le corps du supplicié se détend comme un arc, et c'est une douleur telle dans les articulations de ses bras, de ses jambes, de son dos que, dans un hurlement inhumain, il perd connaissance.

Traoré est allongé à plat ventre sur une paillasse. Des mains fermes et douces à la fois massent son dos, ses coudes et ses genoux. La brûlure de son épaule est atténuée par un emplâtre apaisant. Une voix féminine chantonne à son oreille. C'est la voix un peu rauque de la femme de ses nuits de veillée. Il ne comprend pas ce que dit le chant, peut-être elle-même ne le sait-elle plus ; mais la mélopée, les mots viennent de là-bas, de l'autre côté de l'océan.

Le vieux Joseph est là aussi. Il pose sa main déformée par le travail sur la tête du jeune homme.

– Est-ce que tu as compris cette fois, pauvre fou ? Tu dois accepter, accepter, tu entends !

Brûlées par le piment, la langue et la gorge de Traoré refusent l'effort qu'il leur demande. Il parvient tout de même à articuler :

– Je ne veux pas, je ne veux pas !

Extrait du journal du chevalier de Kerven

12 avril 1751

Que suis-je venu faire dans ce pays, si je ne suis pas assez fort pour accepter les lois qu'il s'est données et sans lesquelles il ne pourrait sans doute pas survivre. Tous les Blancs que je rencontre, quels que soient leur degré de fortune et leur état, sont en accord sur un point. Les Nègres sont faits pour les servir. La couleur de leur peau est le signe que Dieu les a créés pour être esclaves et c'est ainsi qu'ils peuvent espérer éviter l'enfer où échouent tous les païens.

À Gorée et sur le bateau, il m'est arrivé d'avoir des doutes. Malgré ce qui les différenciait de moi, il s'agissait tout de même d'êtres humains et, en Bretagne, les pourceaux étaient mieux traités qu'eux.

Ici, c'est différent. S'ils acceptent leur condition, s'ils ne rechignent pas au travail, s'ils se montrent soumis et respectueux, ils sont logés, nourris, vêtus par des maîtres qui savent la valeur qu'ils représentent et qui, à part quelques cas peut-être, ne sont pas des monstres. Une question me tourmente cependant : un être humain a-t-il le droit, devant la justice divine, d'en posséder un autre au même titre qu'un objet ou qu'un animal au prétexte qu'il est noir ? Est-ce l'amour que je ressens pour Vanidia qui m'inspire de telles pensées ?

J'ai parlé de cela avec le père Lamatte, qui m'a presque convaincu que tout était pour le mieux dans cet univers nouveau où chaque chose et chaque être étaient à la place qui leur était dévolue. Je n'ai pas osé faire allusion à Vanidia. Je voudrais tant qu'elle soit une exception à ce monde si bien ordonné.

Cette femme est une Négresse, et elle est pour moi plus belle que toutes les femmes que j'ai approchées. Le velours sombre de sa peau, le noir profond de ses yeux, le soyeux de ses cheveux, le bleu de ses ongles et la tendre décoloration de la paume de sa main me rappellent sans cesse le passage de la Bible que j'ai lu et relu en latin sans me douter que ce Cantique des cantiques *serait un jour ma prière :* « negra sum, sed juncunda », *je suis noire, mais je suis belle…*

S'il ne s'agissait que de cela. J'ai dû bientôt me rendre à l'évidence. J'ai l'esprit moins rapide, moins subtil que celui de Vanidia. En quelques mois, elle a maîtrisé le parler créole. Et, beaucoup mieux, beaucoup plus vite que moi, elle a compris ce monde étrange où nous vivons. C'est elle qui m'apprend la Guadeloupe.

Le coup de grâce m'a été donné lorsque j'ai compris qu'elle attendait un enfant, mon enfant. L'être qui va naître sera à demi elle, à demi moi. Un être que dans mon cerveau de Breton borné, je n'aurais jamais imaginé.

Je voudrais qu'elle m'aime. Je sais que ce que je pense est anormal en ce pays ; mon Dieu, faites qu'elle oublie que je suis blanc.

Il m'arrive aussi de penser à ce Noir qui, sur le bateau, a tenté de me tuer à cause d'elle. Il était nu, enchaîné, traité comme une bête, mais l'amour qu'il portait à cette femme faisait de lui mon rival, mon égal. Que Dieu me libère de lui !

20 avril 1751

Dieu ne m'a pas exaucé.

Monsieur Hennequin, qui se montre toujours soucieux de mon établissement aux Îles, a entrepris de me conduire à la plantation du sire Savary, près du bourg de Gourbeyre. Ce planteur est encombré d'une fille unique, plutôt disgracieuse, mais représentant de belles espérances.

Je n'ai pas gardé souvenir de la demoiselle, mais j'aurais dû attacher plus d'importance à l'incident qui s'est produit alors que nous prenions un rafraîchissement sous la véranda.

Une demi-douzaine d'esclaves sont venus déposer une auge de pierre à proximité de l'escalier. Monsieur Savary nous a expliqué qu'il comptait en faire un bassin d'eau courante dans lequel on pourrait s'asperger les mains et le visage au retour des sorties dans la campagne.

Une fois le bloc de pierre déposé, les porteurs et leur commandeur se sont retirés, à l'exception de l'un d'eux. Il est demeuré sur place, me regardant fixement. Quoiqu'on dise que tous les hommes noirs se ressemblent, je l'ai reconnu. C'était celui qui, sur le bateau, s'était révolté et avait tenté de me tuer en criant le nom de Vanidia. On l'a vite entraîné hors de ma vue.

Je le croyais réduit à l'impuissance. Et pourtant, aujourd'hui, il est parvenu à me poursuivre jusqu'en ces lieux. Dans l'espoir insensé de me reprendre Vanidia. Je ne sais pas ce qu'il projetait de faire. Peut-être ne le savait-il pas lui-même…

Le géreur qui les a surpris ensemble dans une grange m'a assuré qu'ils semblaient se quereller. Il était cependant d'avis de punir sévèrement Vanidia pour ne pas avoir dénoncé le fugitif. Il m'a fallu convaincre le sieur Hennequin qu'elle n'était pas coupable.

– Vous avez tort, mon ami, a-t-il dit. Malmener les esclaves est moins pour les punir d'une faute que pour éviter qu'ils n'en commettent.

Malgré mes questions, Vanidia n'a rien voulu me dire de ce qui s'était passé. J'étais en droit de la battre, mais cela ne m'est pas venu un instant à l'esprit. L'esclave fugitif a été ramené dans sa plantation. Je ne sais pas ce qu'il est advenu de lui, et je suis certain qu'il en est mieux ainsi.

CHAPITRE XIV

Depuis deux mois, Traoré extrait la pierre à la carrière. Il fait maintenant partie de ceux que le père appelle les « mauvais sujets ». Ceux qui, selon Joseph, ont fort peu de chances d'accéder au paradis des bons chrétiens.

En revanche, la marque qu'il porte maintenant sur l'épaule lui doit la considération de ses compagnons de labeur. À l'heure de la pause de midi, les esclaves sortent de leur mutisme. Un étrange langage, où se mêlent le créole et des souvenirs des langues peuhle, toucouleur ou wolof que la servitude n'a pas encore totalement effacés.

Un homme, dont le jarret a été sectionné, raconte :

– Je me suis échappé deux fois. Un vieux, qui est mort maintenant, m'avait dit que, là-haut en pleine forêt, sur les crêtes de la montagne…

– Sur le volcan ? l'interrompt un de ses compagnons.

– Non. Personne ne peut vivre là. Plus au nord.

Le vieux disait qu'ils étaient au moins une centaine, survivant en petits groupes, avec des chefs et même un roi.

Les auditeurs hochent la tête pour confirmer. Le récit n'est manifestement pas nouveau pour eux.

– La première fois, continue l'homme, je ne les ai pas trouvés. Je crevais de faim. Je suis redescendu et je me suis fait prendre en volant un cochon.

Quelques rires ponctuent cette première partie.

– J'ai été battu et marqué au fer, comme il se doit. La seconde fois, je les ai trouvés et j'ai vécu un an avec eux. On était plus sauvages que les Indiens caraïbes. On assure qu'eux, ils préfèrent se jeter dans la mer plutôt que de se laisser prendre et, s'ils sont pris, ils se laissent mourir de faim. Bref, vue comme ça, je vous le dis, la liberté, c'est plus dur encore que l'esclavage. Et puis, j'ai été repris.

– En volant un cochon, suggère un comparse qui connaît l'histoire.

– Non, une femme. Là-haut, ça manque bougrement, vous pouvez me croire. Il y en a quelques-unes, c'est vrai, mais elles ne sont pas pour les nouveaux venus. Alors, voilà, conclut-il, en montrant son mollet.

Les rires se prolongent un instant. Traoré a compris l'essentiel, mais il ne rit pas. Comment des hommes peuvent-ils ainsi s'amuser de leur propre déchéance ?

Le soir même, il confie son désarroi à Joseph. Le vieil homme, du bout du bâton qui lui sert de canne, dessine dans la poussière des cercles qui s'entrelacent ainsi que les maillons d'une chaîne. Il les regarde d'un air absent, puis relève la tête. Deux larmes coulent au coin de ses yeux.

– C'est ainsi, mon fils. Quand on touche le fond de son propre malheur, pour ne pas en crever, il n'y a qu'une issue : il faut en rire.

– Moi, j'aime mieux crever !

– C'est facile à dire, petit, c'est facile à dire...

Nuit de veillée. La lune est quasiment pleine et elle dessine au sol des zones de clarté, aussi froides que les zones d'ombre. Au pied du manguier, la Grande Négresse attend. Traoré s'approche. Il porte sur l'épaule un baluchon de toile dans lequel il a rassemblé le peu de nourriture transportable qu'il a pu trouver. Il a aux pieds des sandales de cuir, volées dans sa case. Elle le regarde, incrédule.

– *Ou vlé kaskod ?*[1]

1. Tu veux t'enfuir ?

Il hoche la tête affirmativement. Elle se dresse alors et va crier pour ameuter les gens ; pour qu'on le retienne. Il applique sa main sur la bouche de la femme et la plaque violemment contre le tronc de l'arbre.

– *Péla ! Péla !*

Elle cesse de se débattre, et ses yeux, si durs de coutume, se voilent de larmes. Il retire sa main et se recule, indécis. Alors, elle se baisse, saisit la couverture de coton sur laquelle ils passaient leurs nuits de veillées. Elle la roule soigneusement et la lui tend.

– *Pa ka fè cho anho-la.*[1]

Elle saisit sa nuque de ses deux mains et l'embrasse longuement avant de s'éloigner.

– *Ou fou. Ou ja mo !*[2]

À l'orée du dernier champ de canne, Traoré a découvert un sentier qui monte dans les abattis alimentant la plantation en charbon de bois. Dans cette végétation clairsemée, saccagée, la clarté de la lune lui permet de tracer son chemin. Mais bientôt, les taillis s'épaississent, les arbres de plus en plus

1. Il ne fait pas chaud là-haut.
2. Tu es fou, tu es déjà mort.

élevés masquent la faible lumière. Tâtonnant comme un aveugle, trébuchant sur les roches, glissant sur la glaise, le cœur battant la chamade, le fugitif se fraie un passage. Il n'a qu'un guide : la pente. Il doit monter, monter…

Le jour ne s'est pas encore levé mais il n'en peut plus. Sous ses pieds, il sent un sol à peu près plan et dégagé. Il s'enroule dans la couverture qui garde le parfum épicé de la peau de la Grande Négresse, et s'endort comme on meurt.

Il reprend conscience juste à temps pour être témoin de la naissance du soleil. Là-bas à l'est, avec une lenteur majestueuse, son disque pâle se forme, comme sorti du ventre de l'océan.

Dans la mémoire de Traoré se réveillent les croyances que l'esclavage voulait lui arracher. Ses ancêtres révéraient le soleil : la lumière, la vie. Ils aimaient le vent : la liberté. Ces forces mystérieuses mais bienfaisantes qui sauvegardaient les humains.

Il existait aussi des puissances maléfiques, redoutables. Lorsque, quittant des yeux le soleil et l'océan, le jeune homme se retourne, il ne doute pas un instant que la masse du volcan qui le domine soit l'une d'elles. Il s'en convainc davantage quand, voulant plonger ses mains dans l'eau d'un petit ruisseau qui s'échappe d'un amas de roches, il découvre que cette eau est brûlante et dégage des vapeurs âcres prenant à la gorge.

Il n'a plus alors qu'une pensée : mettre le plus de distance possible entre lui et ce justicier, prêt à dévorer les hommes, qu'ils soient blancs ou noirs, maîtres ou esclaves.

Il a marché toute la journée en suivant au plus près les sommets des pitons et les crêtes. Il s'est vite rendu compte, en effet, que dès qu'il tentait de descendre, la végétation devenait plus dense et entremêlée de lianes. Les parois des multiples ravines qu'il devait franchir se faisaient plus abruptes.

Cependant, tandis qu'il avançait vers le nord, la montagne s'abaissait progressivement et la forêt devenait presque hospitalière. Malgré tout, l'ancien berger de la savane d'Afrique se sentait étouffé par la densité de la végétation et par la moiteur de l'air. En revanche, l'eau des torrents était abondante et fraîche.

Alors que le soir approchait, il lui a semblé qu'il suivait maintenant un sentier, à peine tracé certes, mais que d'autres pas avaient foulé. Puis la nuit est tombée, plus vite encore que de coutume, sous la voûte des grands arbres. Traoré s'est installé de son mieux entre les racines d'un fromager[1].

Deuxième matin d'homme libre. Le fugitif hésite. Le sentier le mènera infailliblement vers des hommes qui ne seront peut-être pas ceux qu'il cherche et qui le renverront à ses chaînes. Et s'il s'agit d'esclaves échappés, l'accepteront-ils parmi eux ? Pour autant, s'il continue à errer ainsi en solitaire, dans une nature qu'il ne connaît pas, il n'a aucune chance de survie.

La sente s'élargit peu à peu, à mesure que d'autres traces viennent y joindre leurs ramifications. Dans les pentes, des pas répétés ont marqué comme des marches entre les racines. Depuis un moment, des odeurs qui ne sont pas celles du sous-bois parcourent l'air : odeurs mêlées de fumée, de cuisine, d'excréments…

Traoré n'a pas le temps de s'interroger sur la conduite à tenir. Un Nègre de haute taille lui barre le passage. Il est torse nu et sa culotte est en loques. Il tient à la main le large coutelas des coupeurs de canne. Alors que les esclaves des habitations sont

1. Arbre tropical aux larges racines apparentes.

régulièrement tondus de près, ses cheveux lui tombent sur la nuque en une lourde crinière emmêlée.

– *Ka ou ka vin chèché isidan ?*[1]

Rassemblant son courage et le créole dont il dispose, Traoré répond :

– *An chapé, an vin on nèg-mawon.*[2]

– *Ka ou ka chayé la ?*[3]

Le jeune homme s'accroupit, dénoue son baluchon pour en montrer l'humble contenu. Il déplie aussi sa couverture. L'autre s'approche et, d'un ton méprisant :

– *Pa ni granzafè.*[4]

Puis il remarque la brûlure à peine cicatrisée sur l'épaule du nouveau venu.

– *Ou ja kaskod ?*[5]

– *Oui.*

L'homme part d'un grand rire, plante son sabre en terre et aide Traoré à rassembler son bagage.

– *An kontan vwè-w, konpè, ou lib alèkilé.*[6]

1. Qu'est-ce que tu viens faire ici ?
2. Je me suis enfui, je me suis fait Nègre marron.
3. Qu'est-ce que tu transportes là ?
4. Il n'y a pas grand-chose.
5. Tu t'es déjà enfui ?
6. Bienvenue, compère, tu es libre maintenant.

Un véritable village vit là, dans ce défrichement cerné par la forêt. Un village qui n'a rien de commun avec celui de la plantation. Ici tout semble dans un désordre répondant à la volonté de chacun, à sa liberté, sans qu'aucune autorité n'ait tracé les rues, aligné les cases. Tout autour, des jardins où les légumes, les pieds de canne, les agrumes et les fruitiers poussent parmi les souches bourgeonnantes des arbres abattus. Des poules, des cochons, des chiens et quelques cabris baguenaudent un peu partout.

Devant certaines cases, des femmes s'activent, entourées d'enfants qui courent ou rampent, nus comme au jour de leur naissance.

Un petit homme au visage chiffonné de rides s'approche. Il touche la poitrine du fugitif de son bâton.

– *Ou ka palé kréyol ?*[1]

Traoré ne peut que secouer la tête négativement.

– *Ou nèg lafrik ?*

– *Oui.*

– *Wolof ?*

– *Non.*

– *Toucouleur ?*

– *Non : Peuhl.*

---

1. Tu parles créole ?

– Peuhl ? Ah…

Dans l'exclamation du vieillard, il y a à la fois de la méfiance et de la considération. Il se retourne et souffle quelques mots à l'oreille d'un adolescent qui le suivait. Celui-ci s'éloigne en courant.

Il revient bientôt, accompagné d'un homme de haute taille. Celui-ci porte une longue tunique nouée à la taille par une ceinture de cuir. Ses cheveux tressés et la sagaie qu'il tient à la main ne laissent aucun doute à l'ancien gardien de chèvres. En dépit du lieu où il se trouve, en dépit de ce qui a pu lui arriver, cet homme a recouvré non seulement l'apparence, mais l'authenticité d'un guerrier peuhl.

Traoré le voit s'approcher et un cri, un cri de délivrance échappe à sa gorge :

– Seghor ! Seghor ! C'est moi, Traoré.

Et, se souvenant des gestes de sa terre natale, le berger, fils de berger peuhl, saisit la main du noble homme et la pose sur sa propre tête pour quémander sa protection.

CHAPITRE XV

Sur les pas de Seghor, Traoré traverse le village. En fait, il s'agit davantage d'un campement et, pour l'heure, il est presque désert. Les cases ne sont que des huttes, plus ou moins rudimentaires selon les talents de ceux qui les ont construites.

Seghor fait entrer son compagnon dans l'une d'elles. Elle est inoccupée mais doit constituer l'abri de plusieurs personnes. Il désigne l'une des paillasses.

– Pour l'instant, dors ! Tu ne tiens plus debout. Si tu as faim ou soif, tu trouveras ce qu'il te faut dans cette gourde et ce panier. Je reviendrai ce soir.

Avant de sortir, sa sagaie toujours à la main, il se retourne :

– Je suis heureux que tu sois ici.

Dans la soirée, une odeur de fumée et des bruits de voix tirent Traoré de son sommeil. Six hommes et une femme sont assis ou accroupis autour d'un foyer de pierres. La conversation se fait en langue peuhle.

Ému et intimidé, le jeune homme s'approche, ne sachant quelle contenance adopter. Dès qu'il le voit, Seghor lui fait signe de prendre place à son côté.

– Voici Traoré, déclare-t-il. Certains d'entre nous se souviennent peut-être de lui. Sur le bateau, il a osé se révolter. Depuis, il a déjà tenté de s'échapper. Il était berger, mais il est digne d'être mon frère.

Un murmure d'assentiment court dans le cercle assemblé.

– Il n'a qu'un défaut, continue Seghor, il est amoureux d'une diablesse venue d'on ne sait où. Ça lui fait faire des bêtises, mais c'est cela qui le rend courageux.

La femme éclate de rire, imitée par ses compagnons. Puis la discussion reprend. Elle tourne autour de problèmes de subsistance, de sécurité et d'un mystérieux projet qu'on évoque à demi-mot. Bientôt, tous se lèvent pour vaquer à différentes occupations. Traoré demeure seul avec Seghor.

– Je suppose que tu comprends mal ce qui se passe ici, dit ce dernier.

– C'est vrai. C'est si différent de ce qui m'est arrivé jusqu'à présent.

– Alors, vas-y. Pose tes questions.

Traoré hésite, tentant de mettre de l'ordre dans ses pensées.

– Il n'y a pas que des Peuhls ici ?

– Non, ceux que tu viens de voir, toi et moi, sommes les seuls. Les deux cases, à côté, ce sont des Bambaras. Un peu plus loin, trois Wolofs et deux Mandingues[1]. En face, sept Yorubas[2], qui se sont échappés ensemble. Derrière, cinq ou six Toucouleurs avec lesquels on a les problèmes habituels. Il y a même un Congo[3], complètement fou. Tu vois, ici c'est un peu ce que les Blancs appellent l'Afrique.

– Et là-bas, de l'autre côté de la ravine ?

– Des Créoles. Ils ne sont qu'une dizaine, mais le vieux chef est l'un d'entre eux.

– À la plantation, ils me prenaient pour un sauvage. Un *nèg' l'Afrique*, comme ils disent. Qu'ont-ils d'autre que nous, sinon d'être nés esclaves ?

– Ne juge pas trop vite ! Il faut les respecter. Certains sont marrons depuis plusieurs années. Ils connaissent bien le pays ; et sans ce maudit langage qu'ils ont volé aux Blancs, nous ne pourrions pas nous comprendre entre nous, nous les *nèg' l'Afrique*.

Traoré demeure silencieux, le regard fixé sur le feu. Sans détourner la tête, il demande :

---

1 et 2. Peuples d'Afrique occidentale.

3. Terme général pour désigner les peuples d'Afrique équatoriale.

– On ne pourra plus jamais quitter cette terre, n'est-ce pas ?

– Non. Pour nous, cette île est une prison. Nous ne pourrons pas nous en échapper. Nous ne saurions pas comment faire, ni où aller.

– Joseph, un vieil esclave de la plantation, m'a dit qu'avant nous, et avant les Blancs même, il y avait des hommes qu'il appelle aussi les sauvages. Beaucoup ont été tués, mais ceux qui survivent sont libres et savent naviguer sur la mer.

– C'est vrai, confirme Seghor. On les appelle Caraïbes. On parle beaucoup d'eux ici. Quelques-uns d'entre nous ont tenté de se mettre sous leur protection et de fuir avec eux. On a retrouvé leurs têtes au bout de pieux plantés dans le sable d'une plage. Ils ne nous considèrent pas mieux qu'une vermine que les Blancs auraient amenée avec eux.

Traoré se redresse, et d'un geste circulaire montre le misérable campement.

– Alors, combien de temps durera cette… cette liberté ?

Seghor jette un regard sévère sur son compagnon.

– Qu'est-ce que ça peut bien faire, petit berger. Cela durera tant que nous pourrons cultiver de quoi nous nourrir, tant que nous pourrons piller ce qui nous manque chez les petits planteurs, tant qu'on ne nous prendra pas.

– Ils nous cherchent ?

– Bien sûr. Ils paient des gens pour cela. Des chasseurs qui traquent les marrons isolés qui n'ont pas le courage de s'éloigner des habitations. Beaucoup de ces charognards sont aussi noirs que toi et moi. Mais ils ont peur de s'aventurer contre des bandes comme la nôtre.

– Nous ne risquons rien, alors ?

– Si. Parfois, ils envoient les soldats du gouverneur. Nous ne pouvons pas grand-chose contre eux, sinon nous disperser dans tous les sens. Ils ne parviennent pas à suivre toutes les pistes à la fois. Leurs chiens en choisissent une : malheur à ceux qui l'ont prise. Il y a trois lunes, ils ont débusqué trois d'entre nous, dont le frère du Congo. Évidemment, ils ont incendié tout ce qui pouvait brûler. Nous nous sommes installés plus loin. Pour certains, voilà des années que cela dure.

Soudain, Traoré prend conscience qu'en refusant le travail forcé, l'humiliation et le fouet, en refusant de vivre en esclave, il a choisi sa mort, quelles qu'en soient l'échéance et la manière dont elle surviendra. Comme s'il répondait à une question, Seghor déclare :

– Je voudrais mourir en me battant, pour qu'un instant, un seul instant, ils aient peur de moi.

Un grand feu a été allumé au centre du camp. Des tambours battent dans la nuit de pleine lune. En bas, dans les plantations, les esclaves profitent de la veillée qui leur est accordée pour chanter, danser et s'aimer, parce que c'est le bon vouloir du maître. Demain, chacun reprendra sa vie de labeur.

Ici, il s'agit de bien autre chose. Une expédition se prépare. Pour survivre, les Nègres marrons se sont faits prédateurs. Ce qu'ils cultivent et élèvent ne suffit pas. Ils ont besoin de viande, de farine, d'huile, de sel… Il leur faut des outils, des vêtements et surtout, ce dont chacun rêve, des armes à feu pour se défendre et se battre.

C'est un véritable conseil de guerre qui s'organise autour du foyer. Il va falloir attaquer une plantation. Quand ? Laquelle ?

Les esclaves nouvellement arrivés d'Afrique se montrent les plus entreprenants, les plus belliqueux, cependant ils ont du mal à se faire entendre de ceux qui ne parlent pas leur langue. Les Créoles sont réticents, plus timorés. Trop accoutumés à subir, certains depuis plusieurs générations, ils ont eu le courage de fuir leurs maîtres, mais ils n'osent pas les affronter.

Le patriarche qui a accueilli Traoré est respecté de tous, toutefois il n'a de véritable autorité que sur la vie du campement. Il est incapable d'organiser un coup de force. Le vrai chef de guerre est Seghor, mais il ne peut convaincre que ses compatriotes peuhls et, à la rigueur, les Toucouleurs. Les autres ne comprennent pas et ne s'expriment qu'avec les bribes de parler créole qu'ils ont acquises. Peut-être, fidèles à leurs anciennes traditions tribales, ne lui font-ils pas confiance. La discussion tourne bientôt à un brouhaha dans lequel personne n'écoute plus, n'entend plus personne.

Au petit matin, ils ne sont qu'une douzaine à descendre la pente de la montagne vers la Côte sous le vent. Cinq Peuhls dont Seghor et Traoré, trois Toucouleurs et deux Bambaras. Ils sont guidés par deux Nègres créoles qui connaissent une petite plantation de café isolée dans le fond d'une des multiples vallées pénétrant la montagne. Ils ont prévenu dès le départ qu'ils ne participeraient pas à l'attaque, mais qu'ils se tiendraient à proximité pendant celle-ci.

Ils ont atteint l'orée de la plantation et demeurent

un long moment à l'affût. Traoré a les poings serrés sur la hampe de ce qui a sans doute été une fourche à foin.

– Tu as peur, petit berger ? lui souffle Seghor.

– Oui.

– Rassure-toi, moi aussi. Quand nous allons courir, crie ! Crie de toutes tes forces ! Ça chasse la peur.

Il fait nuit maintenant. La troupe bat en retraite en se frayant péniblement un chemin vers les sommets. Tout a été confus. Traoré ne garde en mémoire que quelques images qui se chevauchent. L'assaut sur la maison principale a été un échec. Les maîtres s'y sont retranchés avec plusieurs serviteurs. Les terribles armes ont tué un Toucouleur et en ont blessé un autre qui est resté sur place. En revanche, le géreur, un homme au fouet, n'a pas eu le temps de se réfugier chez lui ; la sagaie de Seghor l'a cloué contre sa porte.

Le butin en nourriture est pauvre : un cochon, porté à tour de rôle sur les épaules de deux hommes, un chapelet de volailles et deux gourdes de rhum. Mais en revanche, véritables trophées, le pistolet du géreur et un baril de poudre découverts dans sa case.

Les esclaves de la plantation n'ont pas eu

la moindre réaction ni pour la défendre, ni pour se solidariser avec les attaquants. Ceux qui n'ont pas eu le temps de se cacher se sont accroupis, la tête entre les mains, comme pour attendre la fin d'une tornade.

Cependant, alors que les marrons atteignaient l'orée des bois, un adolescent d'une quinzaine d'années à peine les a rejoints hors de souffle.

– *Atand mwen. Mwen ka vini épi zot.*[1]

Les marrons créoles ont essayé de le renvoyer. L'un d'eux a même lancé une pierre dans sa direction, mais le gamin s'est obstiné. Alors, Seghor est redescendu à sa rencontre et lui a confié le pistolet du géreur.

– Il faudrait qu'ils soient mille comme lui ! a-t-il crié.

Et les marrons ont levé leur poing en l'honneur de leur nouveau frère.

Trébuchant dans l'obscurité sur la piste qui s'enfonce dans la forêt, Traoré ne parvient pas à démêler ce qu'il ressent. Un sentiment de victoire, de jubilation sauvage, qui se heurte à une seule question : à quoi bon ?

---

1. Attendez-moi. Je viens avec vous.

Extrait du journal du chevalier de Kerven

25 juin 1751

Je passe des heures à regarder cet enfant que Vanidia vient de me donner. Mon fils ! J'aimerais croire qu'il me voit, que ses yeux pâles me reconnaissent déjà. J'ai beau passer et repasser ma main devant son visage, son regard demeure absent, comme dans le souvenir d'un autre monde.

Que va-t-il advenir de lui ? Bien, sûr, il sera libre et portera mon nom, en dépit du Code noir qui veut que les métis soient toujours des esclaves au même titre que leur mère. Puisque je le reconnais, il sera affranchi, ce qui lui donnera les droits d'un Blanc. Mais aux yeux de la société blanche de Guadeloupe, ce sera un Nègre. Si encore j'étais riche…

– Mon ami, m'a averti monsieur Hennequin à qui je me suis confié, vous vous compliquez la vie. Votre seul avenir est d'épouser la fille d'un planteur qui n'a

pas d'héritier mâle. Elle ne fera sans doute pas d'objection à ce que vous ayez une maîtresse noire. C'est chose courante ici. En revanche, si elle vous donne un enfant, sa famille n'acceptera pas que votre bâtard soit son frère. Vous me suivez ? Ne galvaudez pas votre nom.

Hier, j'ai surpris Vanidia qui, après lui avoir donné le sein, berçait l'enfant dans ses bras en chantonnant : « Patrick, Patrick de Kerven, dormez ti moun en moin. Patrick, Patrick de Kerven... »

Je les regarde et je suis pris d'un fou rire amer à l'idée que je pourrais un jour ramener dans ma Bretagne natale un être qui, à coup sûr, serait considéré comme un petit monstre.

5 juillet 1751

Le capitaine de la Duchesse Anne *est venu nous faire visite à la plantation. Il revenait de la Barbade avec un lot d'esclaves qu'il avait acheté à un corsaire français. Ce dernier se les était appropriés en prenant à l'abordage un bateau négrier hollandais. Ainsi vont les cargaisons.*

Le dîner a été très agréable. Monsieur Hennequin et lui, soutenus par le père Lamatte, se sont fait fort de m'obtenir un brevet de lieutenant dans la milice de

Guadeloupe. Les troupes royales sont en très petit nombre sur l'île et cette milice, composée de civils, a été créée pour les seconder en cas de troubles ou d'agression étrangère. J'ai hésité un instant, puis j'ai accepté. C'est un titre honorifique appréciable et il est agrémenté d'une solde mensuelle de deux cents livres qui ne me laisse pas indifférent.

2 août 1751

Je reviens de la Pointe-Noire, une bourgade au nord de la Côte sous le vent. Mon titre de lieutenant de la milice, signé dernièrement par le gouverneur, m'a valu d'en commander un détachement pour assurer l'ordre lors de la pendaison d'un Nègre marron. Mes hommes, une dizaine de petits planteurs anciens engagés et quelques Mulâtres, étaient au courant de l'affaire.

Une bande descendue de la montagne a pillé une modeste plantation de café. Le géreur a été tué ; on l'a retrouvé, le corps transpercé par une lance ou une flèche. Un des assaillants a été abattu et un autre blessé. C'est lui qu'on vient d'exécuter.

La Pointe-Noire n'est qu'un petit bourg, mais il y avait plusieurs centaines de personnes pour assister au spectacle. Des Nègres en grande majorité. La manière dont ils étaient encadrés par les géreurs et les commandeurs montrait que beaucoup étaient là par contrainte afin qu'ils apprennent ce que coûte la révolte.

Il faisait une chaleur torride, sous un ciel sans nuage. La mer Caraïbe rivalisait de lumière avec lui. Entre deux maisons, en travers de la rue, on avait fixé une forte perche d'où pendait une corde à nœud coulant : la potence. Dessous, un escabeau improvisé.

Un maigre cortège s'en est approché. Le condamné ne pouvait avancer que soutenu par deux esclaves. Sa jambe brisée était maintenue par deux éclisses de bois. Son visage tuméfié et son dos zébré de profondes déchirures sanglantes montraient ce qu'il avait subi avant qu'on ne se décide à l'achever.

Quelques hommes de mon peloton ricanaient et ont lancé des plaisanteries. Elles n'ont eu aucun écho dans l'assistance.

Le père Lamatte, qui détient la cure de la Pointe-Noire, a fait un prêche rapide selon lequel se révolter contre son maître revient, pour un esclave, à se révolter contre Dieu.

Le pauvre diable a été hissé sur l'escabeau, la corde a été passée autour de son cou et un coup de pied a fait basculer l'échafaudage. Un long soupir a parcouru l'assistance. Le marron était mort. En bonne justice.

Sur le chemin du retour, je me suis senti accablé par une évidence qui sonnait comme une fatalité. Les crimes s'enchaînaient : les seigneurs africains vendaient des hommes ; nous les Blancs, nous les achetions et en faisions des esclaves. Ceux qui se révoltaient et voulaient notre mort, nous les exécutions… Cette réflexion me donnait le vertige. J'ai essayé d'y intéresser le père Lamatte qui chevauchait à mon côté.

– Mon père, est-ce un crime de refuser la servitude ? Je veux dire, de se battre pour être libre ?

– Oui, lorsque cela contrarie les voies de la Divine Providence.

J'ai compris que sur ce terrain, je n'aboutirais à rien. J'ai tenté une autre approche :

– Il me semble cependant que cet homme est mort sans que vous lui ayez administré l'extrême-onction.

– C'était impossible. Il était un nouvel arrivé que nous n'avons pas eu le temps de baptiser.

– Qu'adviendra-t-il de son âme ?

– En avait-il une, mon fils ? En avait-il une ?

CHAPITRE XVI

Sous les grands arbres enchevêtrés de lianes aux feuilles épaisses et luisantes, la nuit vient vite. Trop vite… Dans leur dénuement, les marrons n'ont que le chiche éclairage de quelques torches qui fument plus qu'elles n'éclairent. Il est trop tard pour une quelconque activité, trop tôt pour chercher le sommeil.

Traoré a pris l'habitude de s'isoler à l'orée du campement, le dos appuyé au tronc d'un vieux banian. Malgré la promesse qu'il s'est faite de ne plus se souvenir de sa vie d'avant, de sa vie là-bas, il revoit les soirées dans la savane. Le soleil s'y couchait brusquement aussi, mais le sol d'ocre en conservait longuement la lumière et la chaleur. La fraîcheur venait quand la nuit s'avançait, une fraîcheur apaisante et saine. Ici, le froid humide a une odeur de fièvre. La végétation semble attirer la nuit pour s'en repaître.

Cette douloureuse nostalgie aboutit toujours au souvenir de Vanidia se baignant dans la source d'Aïn

Kala : une perle noire dans l'eau si rare et si précieuse de la savane. Alors, s'insinuent dans sa tête la rancœur et la jalousie contre celle qui, pour se sauvegarder, l'a trahi. La colère aussi, la colère contre lui-même qui, malgré le temps passé, ne peut pas oublier et ne sait que faire.

Car voilà bientôt une année que Traoré vit chez les marrons. Marron ! Un mot que les maîtres crachent comme une injure, que les esclaves murmurent comme un blasphème en bas, dans les plantations, et qui, ici, sonne comme un titre de noblesse, un cri de fierté désespérée. Car la liberté est, tout compte fait, aussi dure à vivre que la servitude. Des journées dans les défrichements à se battre contre les lianes envahissantes, contre les insectes à l'affût du moindre grain, du moindre bourgeon. Une terre de glaise et de cailloux. D'autres journées de garde au bout des pistes, à l'écoute des froissements de branches et des jappements de chien, rongé par la peur d'être tué ou, pire encore, d'être pris vivant. Une peur qui ne vous quitte jamais le ventre, parce qu'il n'y a pas assez de rhum, pas assez de femmes, pas assez d'amitié pour l'apaiser.

Des expéditions presque toujours infructueuses, des butins dérisoires, des fuites échevelées, parce qu'on ne peut pas se battre à mains nues contre des mousquets.

Le prix qu'il faut payer pour pouvoir se dire libre.

Parfois, lorsqu'il s'autorise ce loisir, Traoré escalade le piton qui domine le campement. Au sommet, les arbres ont été abattus sans doute par une tornade qui a dégagé la vue sur la mer Caraïbe. Un infini à l'horizon incertain, si ce n'est, par temps clair, et sous un chapeau de nuages, ce qui pourrait être la silhouette d'une autre terre. Une sorte de mirage dont, contre toute raison, le jeune homme s'est fait une espérance.

Un jour, la voix de Seghor interrompt sa rêverie. Il ne l'a pas entendu venir derrière lui.

– Ne te fais pas d'illusions, petit berger. Ce que tu aperçois là-bas est une île comme celle-ci, et le sort des hommes noirs n'y est pas meilleur.

– Qu'est-ce que tu en sais ?

– Si tu acceptais de fréquenter davantage les marrons créoles et de parler comme eux, tu serais moins ignorant. Le vieux chef raconte que son père venait d'une autre île, beaucoup plus grande qu'ici et où les Blancs parlaient un autre langage. Pourtant, le fouet faisait le même bruit sur le dos des esclaves.

– Alors, s'insurge Traoré, les îles sont des terres

maudites, et la mer ou le feu du volcan finiront par les dévorer.

– Peut-être, admet Seghor, cependant le vieux dit encore que, derrière les îles, plus loin dans le couchant, il existe une terre immense aussi infinie que celle d'où nous venons.

Traoré se dresse, les bras levés au ciel et crie :

– Bon, il faut descendre vers la ville, assaillir un bateau et obliger ses marins à nous conduire jusqu'à cette terre !

Seghor le saisit par le bras et le contraint à se rasseoir.

– Sur cette terre, les Blancs sont aussi les maîtres.

Traoré s'affaisse, la tête dans ses mains, accablé. Pourtant, il questionne encore :

– Dis-moi, toi qui sais tant de choses, d'où viennent-ils ces Blancs ?

– De très loin, dit-on. De pays sous l'Étoile du Nord, là où il n'y a pas de soleil. C'est sans doute pour cela que leur peau est blanche et qu'ils se croient en droit d'acheter et de vendre la nôtre.

Pendant des lunes et des lunes, la pluie a détrempé la forêt. Elle ne tombait pas du ciel, mais suintait des nuages bas qui noyaient tout de leur brume.

Un matin pourtant, le jour se lève sur un ciel uniformément bleu ; la montagne s'y libère enfin de sa sueur malsaine.

Il fallait cela pour célébrer un événement heureux qui met tout le campement en émoi. Un enfant est né aux premières lueurs du jour. Il est arrivé à son terme, plein de vigueur, ce qui ne s'était jamais produit dans ce groupe de marrons.

La mère est une jeune Bambara, enlevée il y a peu par les marrons, lors d'une expédition dans un hameau de la côte. On ne sait évidemment pas qui est le père, si bien que le vieux chef a décidé que ce nouveau-né était son fils. Il a fait une longue déclaration en créole devant les marrons réunis. Beaucoup n'en ont retenu qu'une phrase qu'ils se sont traduite et répétée les uns aux autres : « Cet enfant est né libre. Il est un Nègre libre. Jurons que jamais nous ne le laisserons devenir esclave ! » Et tous les marrons, le poing levé et dans toutes les langues, ont crié : « Je le jure ! »

La fête qui a suivi a duré presque toute la nuit, à la lueur de grands brasiers. On a chanté, dansé, consommé jusqu'à la dernière goutte la maigre réserve de rhum. Malgré son humeur taciturne, Traoré s'est laissé gagner par la chaude fraternité qui, à ce moment, unissait tous ces réprouvés.

Rien de commun avec l'ivresse triste des veillées de la plantation.

Ici aussi, on sait que l'aube se lèvera sur une nouvelle journée de misère, mais une misère qui ne sera imposée par aucun maître, aucun prêtre, par aucune de ces lois obscures et avilissantes de l'esclavage.

L'euphorie est de courte durée. Dès le lendemain, comme un écho parcourant la forêt, par l'intermédiaire d'un de ces errants qui la hantent, parvient au camp la terrible nouvelle.

Julius, un chef marron qui, avec sa bande, tenait la milice en échec depuis des années sur les hauteurs de Capesterre, Julius a été pris, sans doute trahi par l'un des siens.

Son nom était prononcé avec respect par les esclaves, même par ceux qui n'auraient jamais songé à prendre la fuite. C'est pour cela sans doute que le lieutenant général de police a exigé qu'il ne soit pas pendu comme il était de coutume, mais écartelé, les membres arrachés par quatre mules. Pour la circonstance, on a réuni le plus grand nombre de témoins possible devant l'hôtel du gouverneur de Basse-Terre. Ce n'était plus une exécution, mais un supplice à grand spectacle, organisé à la fois pour plaire et pour terroriser.

Toute la journée, le camp est en effervescence. On se lamente, on crie vengeance. Le vieux chef créole demeure impénétrable et Seghor n'est pas là.

Traoré le retrouve en haut du morne qui domine la mer Caraïbe. Debout, appuyé sur sa sagaie, il attend le coucher du soleil.

– Seghor ! crie le jeune homme. Je ne veux plus me terrer comme un rat au fond de son trou ! Je veux me battre !

– C'est toi qui dis cela, petit berger ?

– Il faut bien que les bergers le disent, puisque les guerriers ne savent plus le faire !

Sous l'injure, Seghor lève sa sagaie, hésite, et la laisse tomber au sol.

– Je t'écoute, berger. Que veux-tu faire ?

– Je veux qu'on attaque l'habitation Hennequin ; je veux tuer le sorcier blanc ; je veux lui enlever Vanidia et son enfant.

– Et tu crois que cela suffit pour que nous allions nous faire tuer ?

– Je ne sais pas. Mais c'est maintenant qu'il faut le faire ; pour venger Julius !

L'ancien guerrier de la savane réprime un geste d'agacement.

– Tu es fou ! Même si nous y parvenons, tu rends

un bien mauvais service à cette femme et à cet enfant en les entraînant dans notre misère.

– C'est moi que son cœur aime. Elle me l'a dit.

– Et alors ? C'est peut-être elle qui a raison. Qu'est-ce que fait un animal sauvage quand il est mis en cage ? Soit il accepte la nourriture et les coups qu'on lui donne, soit il se laisse mourir de faim ou se fracasse la tête contre les barreaux. Le premier vit, l'autre meurt. Vanidia a choisi de vivre.

– Ici aussi, elle vivra et elle sera libre !

– Traoré ! Tu ne comprends donc pas que nous sommes déjà morts ? C'est la liberté qui va nous tuer !

Seghor reprend son arme. De son extrémité, il trace deux signes étranges sur le sol.

– Tu sais ce que cela veut dire, Traoré ?

– Non.

– C'est bien. Pose ton pied sur un de ces signes.

Traoré sent qu'il entre dans un monde mystérieux et secret, inconnu d'un simple berger peuhl. Craintivement, au hasard, il avance le pied et le pose sur le signe de gauche.

– Voilà, déclare Seghor. Dans le langage de la guerre, l'une des marques signifiait la paix, l'autre le combat. Ton pied a effacé la paix. Dans deux jours, nous attaquerons l'habitation Hennequin. Nous volerons Vanidia au sorcier blanc. Je n'exige qu'une chose.

– Laquelle ?

– C'est moi qui le tuerai.

– Pourquoi toi ?

– Parce que je retrouverai enfin mon âme de guerrier peuhl.

CHAPITRE XVII

Cette fois, il n'a pas fallu de palabres pour qu'une vingtaine de marrons acceptent le projet d'attaquer l'habitation Hennequin, ce qui aurait paru inimaginable jusqu'alors. C'est une des exploitations les plus conséquentes de la Côte sous le vent et elle a les moyens de se défendre.

Tous se doutent qu'une telle expédition risque de tourner au désastre, et ils ne savent rien des motifs qui ont incité Traoré et son compagnon à les entraîner dans cette aventure. Un seul argument a suffi : on doit venger Julius !

Le vieux chef, si réticent d'habitude, a repris l'idée à son compte : Julius va être vengé ; il faut frapper un grand coup pour marquer les mémoires. Il ne s'agit plus de piller pour survivre. C'est avec un calme effrayant qu'il a décidé :

– *Fo kyouyé yo !*[1]

---

1. Il faut les tuer !

Et les marrons ont hurlé, le poing brandi :

– *Fo kyouyé yo !*

Ils ont quitté le camp juste avant l'aube. Non pas furtivement comme dans les expéditions ordinaires, mais avec une solennité qui avait le goût d'un départ au combat. Le commandement a été donné à un grand Nègre créole qui a été esclave à l'habitation Hennequin et qui est l'un des rares à savoir manier approximativement une arme à feu.

Traoré s'en est étonné auprès de Seghor.

– Pourquoi as-tu laissé faire cela ? C'est toi le guerrier.

– Oui, je vais à la guerre. Mais comprends-moi bien ; je ne vais pas massacrer et me faire massacrer pour l'honneur des marrons. Je sais que c'est inutile. Je vais tuer un homme ou me faire tuer par lui parce que tu es fou et que je suis ton ami.

– Pourquoi es-tu si sûr de mourir ?

– Peut-être parce que c'est cela que je souhaite. Et puis tu devrais savoir que les sorciers sont invulnérables, même s'ils sont blancs.

– Nous allons libérer Vanidia, s'obstine Traoré.

– Tu n'es qu'un animal borné. Vanidia ne veut pas de ta liberté.

Tapis dans les fourrés, au flanc du morne qui domine la plantation Hennequin, les vingt marrons attendent la tombée du jour. Traoré les observe attentivement. Sur les visages luisants de sueur, la détermination a fait place à une forme de panique communicative. C'est l'instant où tout peut basculer, où la fuite d'un seul ferait renoncer tous les autres.

Soudain l'un d'eux, qui s'est légèrement redressé, pousse un cri étouffé en pointant son doigt vers les bâtiments. Traoré écarte les branchages. Une nausée lui brûle la gorge. Au centre de la cour qui borde les cases nègres, un homme nu est pendu par les poignets à une potence ; à ses chevilles est attaché un poids de fonte qui lui distend impitoyablement le corps. Il est impossible de savoir s'il vit encore.

– *Fo kyouyé yo*, murmure l'un des marrons. Et tous ses compagnons, dans un sourd grondement, reprennent le terrible cri de guerre.

Après un dernier rayon qui, dans l'œil, se marque de vert, le soleil plonge dans la mer Caraïbe. Le chef de l'expédition se dresse tout debout, et crie :

– *Konyéla ! Kyoué ! Kyoué ! Kyoué !*[1]

Une ruée aveugle ; des vociférations sauvages.

1. À l'attaque ! Tuez ! Tuez ! Tuez !

Les marrons, fous de haine et de peur, attaquent. Bientôt, la sucrerie et les entrepôts brûlent. Le village nègre se referme sur lui-même comme un mollusque menacé. Les assaillants se ruent sur la grande maison. Sabres d'abattis au poing, ils vont atteindre la véranda. Une salve de mousquets fauche la plupart d'entre eux...

Seghor, guidé par Traoré, est parvenu à la maisonnette du chevalier de Kerven.

– Je vais t'apprendre ce qu'est un guerrier, petit berger !

La porte vole en éclats. Une infime parcelle de temps s'écoule, qui dure une éternité. Comme si chaque geste était si grave, si pénible, qu'une force étrange le ralentissait.

L'homme blanc est là, au milieu de la pièce, un pistolet dans chaque main. À deux pas de lui, un peu en retrait, Vanidia, son enfant dans les bras. Elle se précipite en avant, masquant à demi la cible. La sagaie du guerrier peuhl hésite. Le coup de feu claque. Fauché comme un arbre, Seghor s'abat sur le côté en criant :

– La liberté, Traoré ! La liberté !

Il se redresse sur un coude, tentant de faire face de nouveau, puis retombe, définitivement immobile.

Après le fracas de la détonation, le silence est plus effrayant encore. Traoré, de Kerven et Vanidia demeurent pétrifiés. Le premier, le sabre levé, face au pistolet pointé sur lui. La jeune femme, son enfant contre elle, un bras tendu en avant, en geste de défense. C'est elle qui retrouve la première l'usage de sa voix.

– Arrêtez ! Arrêtez ! Va-t'en Traoré. Je t'en supplie, va-t'en. Il ne veut pas ta vie. Tu ne peux rien contre lui.

Le Blanc semble avoir compris la prière de sa compagne. D'un geste du menton, il désigne la porte.

– *Foukan ! Vite !*

Le bras de l'ancien berger du fleuve Sénégal s'abaisse lentement et il laisse tomber son arme au sol. Mais au lieu de reculer, les bras contre le corps, il avance jusqu'à ce que sa poitrine touche le canon du pistolet.

– *Kyouyé mwen*[1], articule-t-il.

Le visage du sorcier blanc se couvre de sueur, il secoue désespérément la tête.

– *Non ! Foukan !*

1. Tue-moi.

Alors, les mains de Traoré se lèvent lentement et encerclent le cou de de Kerven.

– *Kyouyé mwen.*

– Non.

Les doigts serrent de plus en plus fort. Le tonnerre du coup de feu ne parvient pas à couvrir le cri de Vanidia. Un long hurlement de douleur venu de la terre d'Afrique.

Extrait du journal du chevalier de Kerven

12 avril 1752

Tout est dit. Hier soir, Vanidia a rassemblé un maigre bagage, a pris son enfant contre sa hanche et s'en est allée pour rejoindre le village nègre. Elle a laissé les robes et les quelques bijoux que je lui avais offerts. J'aurais pu la retenir de force ou, du moins, l'empêcher d'emmener mon fils. Je n'en ai pas eu le courage. Dans ce créole que, laborieusement encore, je partageais avec elle, elle a trouvé les mots pour me dire :

– Monsieur de Kerven, vous avez été bon pour moi et je crois que vous m'aimez bien. Mais je ne veux plus ; je ne peux plus.

– Pourquoi ? Parce que je l'ai tué ?

– Non, ce n'est pas cela. Il ne pouvait pas en être autrement. Mais maintenant, j'ai honte. De moi-même. C'est possible, vous savez, même pour une esclave.

– Qu'allez-vous devenir, toi et lui ?

– Des esclaves. Moi, parce que c'est mon destin. Lui, par votre faute. Il ne s'appellera pas Patrick de Kerven. C'était un rêve.

La mort dans l'âme, je l'ai laissée partir.

De quoi suis-je coupable ? D'avoir tué deux hommes ? C'étaient des Nègres marrons et je n'ai fait que me défendre. Si j'ai commis un crime, ce n'est pas ce soir-là.

Monsieur Hennequin et sa famille n'étaient pas à l'habitation au moment de l'attaque. Le géreur, les commandeurs et la grande majorité des esclaves ont tenu tête. Il y a eu quelques dépendances brûlées et quelques pauvres bougres massacrés. Sans compter les deux que j'ai tués, les assaillants ont laissé dix des leurs sur le terrain. Trois autres, blessés, seront pendus bientôt.

Je ne me souviens pas qui était le Noir qui me menaçait de sa lance, mais l'autre, celui qui m'a obligé à l'abattre, je l'ai reconnu. Une fois de plus, il croisait mon chemin. Traoré ! Le nom que parfois Vanidia balbutiait dans son sommeil. J'ai demandé au père Lamatte de m'entendre en confession.

– Allez en paix, mon fils, a-t-il déclaré. Vous n'êtes redevable de votre acte que devant Dieu, et j'ai la certitude qu'il vous en a déjà absous.

Monsieur Hennequin, quant à lui, s'est réjoui du départ de Vanidia.

– Vous voilà enfin libéré de cette dangereuse inclinaison, mon ami. Oubliez-les, elle et son bâtard. J'ai des projets pour vous. Une occasion que vous ne devez à aucun prix laisser échapper. C'est une veuve, voyez-vous, encore très acceptable. Elle m'est apparentée et je n'aimerais pas que ses intérêts soient confiés à n'importe qui.

20 avril 1752

La terre a tremblé ce matin. Une secousse violente qui a manqué me jeter à bas de la berceuse dans laquelle j'étais assis. Les oiseaux se sont tus et les chiens ont hurlé à la mort. Une peur panique m'a tordu les entrailles ; pire encore que celle qui m'avait terrassé lors de la tempête en mer.

Comme chacun d'entre nous, j'ai levé un regard angoissé vers le sommet du volcan. Rien de plus que les minces fumerolles habituelles. Je suis un homme de science, mes pensées sont guidées par la raison et pourtant, il m'a semblé que le monstre faussement débonnaire me donnait un avertissement : « Va-t-en ! me disait-il, va-t'en ! Pas plus que tes semblables, tu n'as le droit d'être ici. Pas plus que les malheureux que vous avez contraints à y vivre et mourir sous votre joug. Va-t'en !»

2 mai 1752

Avant-hier, je suis allé à Basse-Terre. La Duchesse Anne *était en train d'achever son chargement. J'ai supplié le capitaine de me redonner ma place de chirurgien à bord.*

– Vous faites sans doute une sottise, m'a-t-il dit. Vous brisez un bel avenir. De toute façon, votre fuite ne vous absoudra pas.

– M'absoudre ? Mais de quels crimes ?

– Voyez-vous, je suis un négrier, mais je suis aussi un marin. Les marins en mer ont le sommeil fragile et, plus je vieillis, plus il m'arrive d'avoir des inquiétudes avec ma conscience. J'ai longtemps pensé que les hommes noirs avaient été créés par Dieu pour porter sur leurs épaules le malheur du monde. Je me demande maintenant s'il n'a pas condamné les hommes blancs à en porter pour jamais la faute.

J'ai dû avoir l'air tellement décontenancé qu'il a éclaté de rire.

– Allons, laissons cela aux philosophes. Vous êtes le bienvenu à bord.

Dans un mois ou deux, si Dieu et l'océan le veulent, je serai de retour dans ma lande bretonne. Je ne dirai rien à personne de ce que j'ai vu, de ce que j'ai fait, de ce que je sais. Qui m'écouterait, même si je savais le dire ? Je vais confier ce carnet au capitaine. Il en fera ce que bon lui semble.

Coupe d'un navire négrier

(Musée national des Arts d'Afrique et d'Océanie, Paris, France)

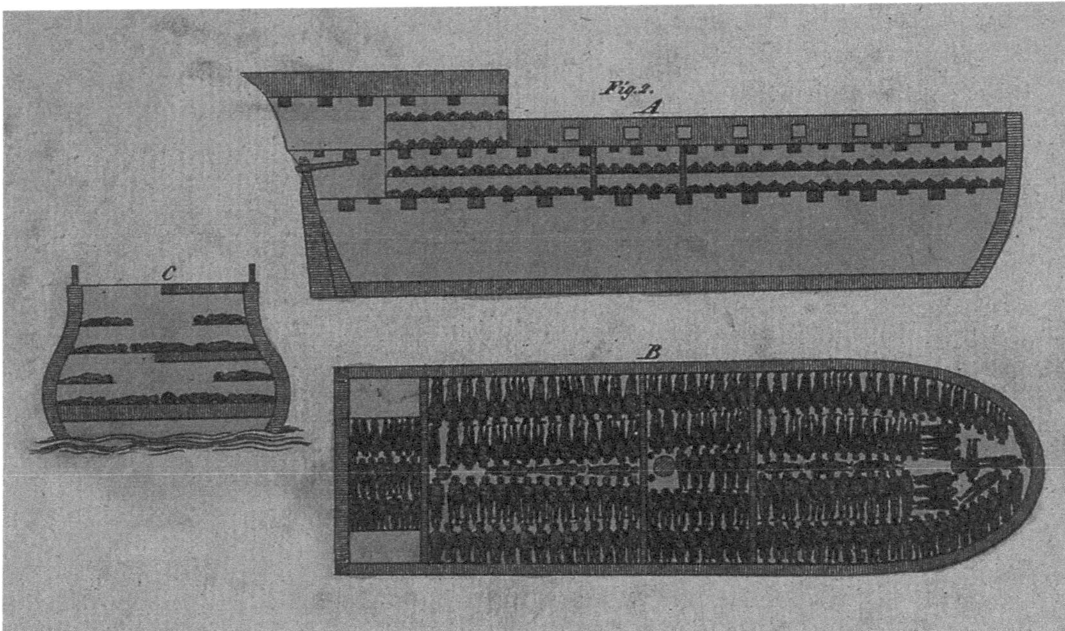

À propos de la traite, de l'esclavage et de la culture créole

On situe entre dix et treize millions le nombre d'hommes, de femmes et d'enfants noirs déportés d'Afrique vers les Antilles et les Amériques, pour y être esclaves. Ceci entre la fin du XVIe siècle et le début du XIXe siècle. À titre d'exemple, la Guadeloupe a importé, à elle seule, de 1650 à 1850, 290 000 esclaves. À la Martinique, ils étaient 2 600 en 1674, 90 000 cent ans plus tard.

Les grandes plantations coloniales avaient besoin de main-d'œuvre. Ce qu'on appelle « la traite » fut un commerce d'esclaves lucratif pour les armateurs et les capitaines des bateaux négriers. En France, leurs ports d'attache étaient principalement Bordeaux, Nantes et Lorient. Ce fut l'Afrique occidentale qui paya le plus lourd tribut à ce commerce.

Un esclave appartenait à celui qui l'avait acheté

au même titre qu'un animal ou un objet. S'il était nourri et logé, il ne percevait aucun salaire. En dépit de quelques réglementations telles que le Code noir édicté par Colbert, ministre de Louis XIV, sa vie était entièrement soumise à la volonté de son maître.

L'esclavage était courant dans l'Antiquité. Il l'était aussi dans les sociétés africaines, qui collaborèrent à la traite.

Il fallut attendre le début du XIXe siècle – en France, 1818 –, pour que la traite fût considérée comme illégale. Ce qui n'empêcha pas quelques négriers de poursuivre, un temps encore, leur négoce.

Quant à l'esclavage par lui-même, ce n'est pas avant 1848 en France, et 1863 aux États-Unis qu'il fut aboli et mis hors la loi.

De l'esclavage et de la traite des hommes noirs, certains disent de nos jours qu'il s'agit bel et bien de crimes contre l'humanité. D'autres pensent, qu'à l'époque des faits, cette notion n'existait pas. Une chose est certaine : la seule faute impardonnable serait d'oublier.

La population des esclaves antillais, comme celle

des Amériques, a d'abord été constituée d'êtres humains déracinés. Arrachés à leur culture africaine, ils n'étaient admis qu'à la marge de la culture européenne. Et pourtant, du fond de leur misère, de leur dénuement physique et moral, ils sont parvenus à constituer une culture que personne ne peut leur contester et que leurs héritiers entretiennent : un art de vie, une poésie, une musique, des danses, une littérature et, surtout, une langue : le créole.

Ces hommes et ces femmes appartenaient à des peuples différents possédant chacun sa propre langue. D'où la difficulté à communiquer entre eux. Difficulté accrue par le fait que les colons séparaient délibérément ceux qui appartenaient à une même ethnie et parfois à une même famille. Ceci afin d'éviter que s'organisent des résistances et des révoltes.

Démunis de moyens d'expression, les esclaves se constituèrent un langage commun : le créole.

À ses débuts, ce « pidgin » n'était vraisemblablement qu'une copie rudimentaire de la langue des maîtres blancs, qui d'ailleurs la simplifiaient au maximum quand ils s'adressaient à leurs esclaves.

Puis le créole s'enrichit et se structura jusqu'à

devenir une langue à part entière que, très vite, les maîtres blancs utilisèrent entre eux dans leurs activités courantes.

Pendant longtemps langue uniquement orale, le créole a récemment conquis l'écrit, avec sa propre orthographe, basée sur la phonétique et non sur l'étymologie.

C'est ce créole « moderne » qui a été choisi dans cet ouvrage pour rendre compte de celui qui se parlait au XVIIIe siècle, et dont on n'a gardé aucune trace.

Pierre Davy

Pierre Davy a vécu dix ans aux Antilles. C'est insuffisant pour se dire Antillais, mais c'est assez pour comprendre ce que cela veut dire. L'histoire parle, à condition de lui donner la parole. Ce livre n'a pas d'autre but. La traite a été une tragédie, l'esclavage a été un crime.

Quand on vit aux Antilles, il ne s'agit pas de se lamenter, de se repentir ou de se révolter ; mais il faut savoir. Pierre Davy n'est pas arrière-petit-fils d'esclave, il n'est pas noir : il lui arrive de le regretter.

Du même auteur :

AUX ÉDITIONS NATHAN

La croix des pauvres, nathanpoche.
L'épée des puissants, nathanpoche.
Un cheval de liberté, nathanpoche.
Oran 62 – La Rupture, Les romans de la mémoire.

CHEZ D'AUTRES ÉDITEURS

L'Écho des cavernes, Syros.
Les Démons de Négreval, Bayard Jeunesse.

TABLE DES MATIÈRES

N° éditeur : 10219456 – Dépôt légal : août 2011

Imprimé en France par EPAC Technologies
N° d'impression : 4550414302820
Dépôt légal : août 2011